시험 시간에 웃은 건
처음이에요

시험 시간에 웃은 건
처음이에요

초판 1쇄 인쇄 2019년 12월 26일
초판 1쇄 발행 2019년 12월 30일

지은이 조규선
펴낸이 김승희

기획 정광일
편집 조현주
그림·사진 조규선
북디자인 김정숙

인쇄제본 (주)신화프린팅
종이 월드페이퍼(주)

주소 서울시 양천구 목동동로 293, 22층 2215-1호
전화 02) 3141-6553
팩스 02) 3141-6555
출판등록 2008년 3월 18일 제313-1990-12호
이메일 gwang80@hanmail.net
블로그 http://blog.naver.com/dkffk1020

ISBN 979-11-5930-125-4 03810

이 도서의 국립중앙도서관 출판예정도서목록(CIP)은
서지정보유통지원시스템 홈페이지(http://seoji.nl.go.kr)와
국가자료종합목록시스템(http://www.nl.go.kr/kolisnet)에서 이용하실 수 있습니다.
(CIP제어번호 : CIP2019050255)

시험 시간에 웃은 건 처음이에요

용정중학교 학생과 교사가
함께 만들어 가는 희망찬 응원가

조규선 지음

살림터

여는 글

누구나 10대 시절은 존재합니다. 저 역시 남들과 크게 다르지 않게 10대를 보냈고, 현재는 교사로서 하루의 상당 시간을 10대들과 함께 보내고 있습니다. 그런데 정작 아이들과 함께한 시간과 아이들에 대한 이해의 정도는 비례하지 않아 보입니다. 11년이 지난 지금도 아이들과의 생활은 매일매일이 전쟁과 같고, 이제는 친구처럼 익숙해져 버린 갈등이라는 녀석은 늘 저와 교실 주변을 맴돌고 있습니다.

아이들을 짝사랑해야만 하는 비운의 존재가 교사라지만, 교실 현장에서 느끼는 이상과 현실 간의 괴리로 생겨나는 갈등과 그로 인해 생겨난 상처는 살 깊숙이 파고들어, 쉽사리 지워지지 않는 흉터로 남기도 합니다. 하지만 흉터 위에 흩뿌려지는 치료약처럼 아이들은 어느샌가 마음의 위안이 되어 주고, 저의 흉터를 따뜻하게 보듬어 주었습니다. 열 번을 울다가도 아이들 때문에 웃어 버리는, 그 한 번의 웃음으로 인해 살아가는 것이 교사인가 봅니다.

한 번의 웃음으로 다시 힘을 내는 교사들처럼, 각박한 경쟁 사회에서 학교만큼 아이들에게 많은 것들이 용납되는 곳은 없다고 외치고, 아직도 학교가 희망의 빛이 될 수 있다고 믿으며 11년째 교직 생활을 해 오고 있습니다.

그 시간 동안 깨달은 것이 있습니다. 아이들과의 생활은 마치 동네 놀이터에서 흔하게 볼 수 있는 시소를 타는 것과 닮았다는 점입니다. 한쪽이 내려가면 다른 한쪽은 올라가야 하고, 혹은 그 반대가 되어야 하는 시소처럼 학생과 교사는 같은 높이에서 서로를 바라보기 어려운 관계처럼 인식되어 왔는지도 모릅니다. 어쩌면 우리가 놀이터에서 뛰어놀던 어린 시절부터 이러한 경쟁의 논리를 알게 모르게 배웠을지도 모릅니다. 그래도 서로가 앉는 위치를 조정하다 보면 균형을 맞추게 되고, 같은 눈높이에서 서로를 바라볼 수 있게 됩니다. 물론 앉는 위치는 서로에 대한 이해의 정도에서 비롯되겠죠. 한쪽이 올라가거나 내려가지 않고 양쪽이 균형을 맞춘다면 서로를 마주 보게 될 것입니다.

한편으로는 시소의 이편에 앉아 있는 내가 내려가면 맞은편에 앉아 있는 상대방은 더 높이 올라갈 수 있다는 생각도 해 봅니다. 상대방이 빛을 발할 수 있도록 늘 자신을 낮추고, 상대방을 밀어 올려주는 것이야말로 시소가 위아래로 움직이는 진짜 이유 아닐까요? 끊임없이 위아래로 움직여야 하는 시소를 바라보며, 함께 살아가야 할 운명으로 만난 교사와 학생의 관계에 대해서도 생각해 보게 됩니다.

8년 전 저의 인생 계획을 세우는 와중에 마흔 살을 넘기기 전에 책을 써야겠다고 다짐한 적이 있습니다. 올해로 꼭 마흔이 되었습니다. 11년간 아이들과 함께 생활하며 느끼고 경험한 것들을 가감 없이 글에 담았습니다. 처음이다 보니 많이 부족하지만, 책의 첫머리에 언급한 '처음이니까 괜찮아'라는 마음으로 봐 주셨으면 합니다.

책이 출판되기까지 많은 분들의 도움이 있었습니다. 잊지 않겠습니다.

2019년 초겨울
조규선

차례

3장 너의 하늘을 보아

4장 사소함이 소중함으로 다가올 때

5장 나는 당신을 봅니다

6장 키를 맞추다

7장 메리 크리스마스를 꿈꾸다

1장

처음이니까 괜찮아

처음이니까 괜찮아

'처음이니까 괜찮아.'
'처음부터 왜 저 모양이야?'

　교직에 처음 들어섰을 때 비슷한 시기에 들었던 말들입니다. 유사한 상황에서 발생한 저의 실수를 두고 주변에서 내린 평가들이었습니다. 상반된 의미만큼이나 그것을 받아들이는 느낌은 굉장한 차이가 있었습니다. '처음에 대한 인정'과 '서툰 것에 대한 불편함'으로 각각 받아들여졌기 때문입니다. 그리곤 생각해 보았습니다. 과연 나는 어떤 말을 더 자주 사용하는지를 말입니다. 그리고 나로부터 누군가가 이 말을 듣게 된다면 그 사람의 마음속은 어떤 생각들로 채워질지를 말입니다.

　'처음'은 주위에서 자주 접하게 되는 말입니다. 그러다 보니 사소하게만 받아들이는 경우가 많은데, 그 의미에 대해 깊이 생각해 볼 필요가 있습니다. '시간적으로나 순서상으로 맨 앞'이라는 사전적인 의미를 가진 이 말은 다양한 상황에서 유용하게 쓰일 수 있고, 때론 아름다운 핑계가 될 수도 있으며, 이따금 자기 합리화의 수단이 되기도 합니다.

처음이라는 말을 자주 사용하는 이들의 내면에는 '서툴고 미흡함에 대한 인정의 욕구'가 밑바탕에 깔려 있습니다. 경험해 보지 않은 일에 대해 서툴 수밖에 없으니 실수가 있더라도 이해해 주고 너그럽게 인정해 달라는 것입니다.

저 역시 일을 진행하는 과정에서 예기치 못한 일을 겪거나 또는 실수를 했을 때, 이 말을 자주 사용하곤 합니다. 상황을 모면하거나 실수에 대한 이해를 구할 수 있는 유용한 말이기 때문입니다. 제가 가르치고 있는 10대들은 '저흰 모든 게 새로움이고 처음이잖아요'라는 말로 '처음'이라는 말을 면죄부처럼 더욱 유용하게 사용하고 있습니다. 이를 비겁한 변명이라 할지도 모르겠습니다. 변명 맞습니다. 실수나 잘못을 처음이라는 이유로 합리화하게 되면 다른 사람이 짊어져야 할 짐이 늘어날 수도 있고, 불편을 증가시킬 수 있기 때문입니다.

하지만 10대들에게만큼은 '처음이니까 괜찮아'라고 말해 줘야 합니다. 그것이 변명일지라도 눈감아 주고 모른 척 넘어가 줘야 합니다. 이유는 간단합니다. 왜냐하면 그들은 10대니까요. 한창 성장해 가는 10대들에겐 모든 것이 다 처음이자 새로움입니다. 어른을 대하는 방법에 익숙하지 않은 아이들이 매년 새로운 선생님을 담임선생님이나 교과 선생님으로 마주해야 하고, 지금껏 배우지 않았던 내용들을 새로이 배워야 합니다. 그들 나름대로 겪어야 되는 큰 고충인 것입니다.

또한 처음이고 새롭다 보니 새로움에 적응할 시간이나 과정이 필요함에도 불구하고 우리는 조급해하며 기다려 주지 못하는 경우가 많습니다. 오히려 윽박지르고 심지어 사랑이라는 이름으로 포장된 협박까지 이루어지는 게 현실입니다. 글로 빽빽하게 쓰인 책을 읽어 내려갈 때 답답함과 숨막힘을 느끼듯이 우리 아이들도 너무나 당연하게 그 과정을 느끼게 되리라 봅니다. 아이들에겐 기다려 주는 시간이 필요한 것입니다. 하지만 우리는 기다려 주지 않고 또한 기다림 자체를 그다지 달가워하지도 않습니다. 기다림에 가장 익숙하지 못한 사람들이 누구인지 아십니까?

아마 교사들일 것입니다. 때로는 기다림과 지켜보는 것에 인색할 때가 있습니다. 교사들은 여러 명의 아이들을 한꺼번에 이끌어 가야 하기 때문에, 아이들 각자가 겪는 시행착오를 기다려 주지 못할 때가 있습니다. 또한 교사들은 아이들의 행동이나 행위에 대해 이해하지 못하고 용납하지 않는 경우도 있습니다. 학창 시절에 그런 일을 겪어 보거나 경험해 보지 못한 경우가 많기 때문에 더더욱 그 마음에 접근하기가 쉽지 않은 것입니다. 소위 모범생이라고 불리던, 공부 잘하고 선생님에게 순종적인 아이였던 교사들이 자신의 학창 시절 모습에 견주었을 때 10대들의 행동을 쉬 받아들이지 못하는 것은 어쩌면 당연한 일일지도 모르겠습니다. 자신들과는 다르기 때문입니다. 하지만 아이들과 허물없이 지내고 공감 지수가 높은 교사들도 있습니다. 아이들의 언행에 대해 깊이 공감하고 '그럴 수 있다'라고 이해해 주는 선생님들의 특징은 어딘가 빈틈이 있어 보인다는 것입니다. 실수가 잦고 허술해 보이는 교사가 아이들과 깊이 교감하고 있음을 느끼게 됩니다. 자신들의 10대 시절과 닮은 지점을 발견했기 때문일 수도 있습니다. 10대들의 고충과 고민을 충분히 이해하기에 기다려 주고 감싸 줄 수 있는 것 아닐까요? 하지만 대다수의 사람들은 10대들에게 많은 것들을 요구합니다. 그 이유는 간단합니다. 서툴다는 이유에서 말입니다.

10대도 자유가 필요합니다

　　과거에도 그래 왔고 현재도 어른들이 10대들에게 요구하는 것들에 대해 생각해 보셨습니까? 처음이기에 무엇이든 해 나갈 수 있는 가능성이 있음에도 불구하고 아직까지 서툴고 미숙하다는 이유로 아이들에게 요구되는 것들은 참으로 가혹하리만큼 많습니다. 10대에게 요구했던 것들이 과연 10대이기에 지켜야 했던 것들일까요? 아닐 수도 있습니다.

　　10대는 늦게 다녀도 안 되고 밤늦게 어딜 다녀도 안 되고
　　술을 마셔도 안 되며, 이성 친구는 대학 가서 사귀면 된다.
　　담배를 피우는 건 더더욱 안 되고
　　가출하면 비행 청소년이며 학교를 자퇴하면 사회의 낙오
　자다.

게다가 화장을 하면 날라리고, 정장을 입으면 10대 주제에 겉멋만 들었다고 핀잔을 받는다.

학교는 꼬박꼬박 나가야 하고 학교규칙 또한 어기지 말아야 하며

교복을 줄이거나 지각을 많이 하면 선생님들께 적혀서 항상 혼난다.

연예인을 좋아하는 빠순이라는 말을 듣게 되고,

철없는 짓이라며 공부나 열심히 하라는 말을 듣게 된다.

그 말을 20대가 될 때까지 머릿속에 박아 놓고 살아야 한다.

그래야 나중에 사회에 진출하는 데 좋은 밑거름이 된다.

일찍 자고 일찍 일어나서 학교에 지각하지 않게 등교하고,

공부를 열심히 해서 시험성적을 올려야 하며,

부모님 말씀을 잘 듣고, 일찍 일찍 다녀야 하고,

친구도 잘 사귀어야 한다.

그래야 나중에 어른이 되어서 지장을 받지 않는다.

– 네이버 블로그, 〈10대도 자유가 필요하다〉에서

어떠신가요? 10대 시절을 떠올렸을 때 어른들이 요구했던 것들에 대해 불만이 없었던 분들이 계신가요? 아마 있다면 그분은 공자나 맹자의 단계에 근접해 있다고 봐야 할 것입니다. 공자의 말

중에 '자신에게 엄격하고 남에게 관대하다면 원망을 멀리 피할 수 있다'는 말이 있는데, 이는 '자기 관리의 중요성'을 강조하고 있습니다. 공자 역시 우리 10대들처럼 숱한 방황과 배회의 과정이 있었기에 깊은 깨달음을 얻지 않았을까요? 위인전도 마찬가지입니다. 어렸을 적 몇십 권으로 이루어진 위인전집을 누구나 한 번쯤 읽어 봤을 겁니다. 위인전을 읽어 내려가며 일대기적 삶이나 영웅과도 같은 활약에 '우와'라는 탄성을 내뱉은 적도 있습니다. 그런데 과연 그들이 10대 때도 위인이었을까요? 특정되어지고 진실의 한쪽 면만 부각된 위인전은 어쩌면 굉장히 위험한 것인지도 모르겠습니다. 우리가 생각하는 위인들도 부모님 속 썩이고 친구들과 치고받고 싸우는 10대 시절을 보냈을지도 모릅니다. 하지만 위인전에서 그런 내용을 보신 적이 있나요? 쉽게 찾아보긴 어려울 것입니다. 언급되더라도 성공과 관련된 부분만 취사선택하여 미화하는 경향이 있습니다.

우리가 얻고 있는 정보들이 단면만을 보여 주는 것은 아닌지 늘 비판적으로 수용해야 할 필요가 있습니다. 위인전에서 성공담만 부각시키고 정작 그 성공에 이르는 과정을 생략해 버린 것은 의도는 좋을지 모르겠으나 정보를 왜곡시키는 행위일 수도 있으니까요.

『일본회의의 정체』(아오키 오사무 지음, 율리시즈, 2017)

　이 그림을 보고 어떤 생각이 드시나요? 저는 섬뜩하다는 생각
이 먼저 들었습니다. 자기 바로 옆에서 일어나는 사건이라도 미디
어가 어떻게 전달하느냐에 따라 사건에 대한 정보를 받아들임에
는 분명한 차이가 있습니다. 정보를 정확히 인지하기도 어려울뿐
더러, 정보의 단편만을 보고 전체를 판단해 버리는 정보 왜곡이
발생할 수 있습니다.

　사건이나 현상의 전체적인 상황과 전체를 이루는 모든 정황과
요소들에 대해 언급하기는 어렵다 할지라도, 특정한 목적을 가지
고 정보를 취사선택하여 전체인 양 전달한다면, 상황 판단의 기준

이 될 수 있는 기본적인 것들조차 인지하지 못하게 됩니다. 즉, 전체 상황을 정확하고 올바르게 전하는 것은 올바른 선택이나 판단의 기본입니다.

이는 정보 전달을 목적으로 하는 미디어에만 해당하는 것은 아닙니다. 우리는 자신과 관련된 일이나 상황을 설명할 때 본인에게 불리하거나 불이익을 가져다줄 만한 내용은 빼고 전달하는 경향이 있으며, 반대로 자신을 돋보이게 하거나 이익이 될 만한 정보는 과장해서 전달하기도 합니다. 전달되지 않은 정보가 정말 진실을 담고 있을지도 모르는데 말입니다.

그런 맥락에서 위인전을 쓰는 방식의 변화가 필요합니다. 10대시절에 경험한 방황이나 혼란, 일탈을 반드시 포함시켜야 합니다. 처음이었던, 또 서툴렀던 위인들의 어린 시절 모습이 10대들에겐 더 가슴 깊이 와닿을 수 있는 법입니다. 우리가 보고 있는 10대의 모습은 위인전에 나와 있지 않은 비하인드 스토리에 해당합니다. 우리는 위인들의 비하인드 스토리에는 관심을 갖지 않고 오로지 성공담에만 집중합니다. 그 성공에 이르는 과정이 더 중요한 가치를 지니고 있는데도요.

지금의 우리는 10대들의 성공담에 집중하지 말고 그 과정에서 벌어지는 일들을 격려하고 응원해야 합니다. 현실에는 응원이나 격려보다 오히려 차단과 질책이 더 가까이에 있는 경우가 많습니다.

우리가 잔소리로 치부해 버렸던 많은 요구 사항들이 과연 꼭 지켜야만 했던 것들이었는지, 그중에 허용될 수 있는 것들은 없었는지 의문입니다. 왜 유독 10대들에게만 그토록 엄격해야 할까요?

　10대들에게 요구하고 제한했던 것들은 돌이켜 생각해 보면 아무것도 아닌 것들입니다. 제가 근무하는 학교에서는 바지에 벨트를 반드시 착용해야 하고, 후드티는 입지 못하도록 규정되어 있습니다. 바른 옷차림에서 바른 생각이 길러진다는 이유에서지만 그것이 어쩌면 10대들에겐 속박이고 구속처럼 느껴졌을 수도 있습니다. 또한 어른들이나 학교에서 요구한 것들을 성실하게 잘 지켜 나갔던 아이들이 과연 행복한 삶을 살아가고 있는지도 의문입니다. 어른들이 원하는 착한 10대는 존재하지 않습니다. 다만 그것을 질책하는 어른들만 있을 뿐이며, 착하다는 기준도 어른들이 재단한 것에 불과합니다.

　어른들이 모르는 게 있습니다. 10대는 공부만 하라고 있는 시간이 아닙니다.

　10대들도 친구들과 놀다 보면 늦게 다닐 수 있고 호기심으로 담배, 술을 한번 해 볼 수도 있으며, 예쁘게 보이고 싶어서 교복을 줄여 입을 수도 있고, 화장 한번 해서 어른스럽게 보이고 싶을 때도 있을 것입니다. 정장도 가끔씩 입어 볼 수 있고, 공부하기 싫어서 시험 성적이 못 나올 때도 있죠. 또한 아침잠이 많아서 지각할 수도 있고, 학교 가고 싶지 않은 날도 있고, 부모님 말씀에 언제나 따라야 한다는 법도 없습니다. 좋아하는 이성이 생기면 이성 친구를 사귈 수도 있고, 답답하고 짜증 나서 집을 뛰쳐나갈 수도 있습니다.

여백이 없는 풍경은 아름답지 않습니다

　10대들에게도 10대란 시절이 처음이므로 모든 것이 신기하고 틀에 박힌 것들을 죽기보다 싫어할 수 있습니다. 그들에게는 자유가 필요했고 숨 쉴 수 있는 여백이 필요했습니다. 앞서 언급했던 것처럼 글씨로 빽빽하게 채워진 책을 마주했을 때 느꼈던 답답함과 숨막힘을 10대라는 이유로 겪어야 한다는 것이 안타까울 뿐입니다. 텅 빈 캔버스의 여백을 서툴더라도 아이들의 생각으로 채워나갈 수 있도록 해야 합니다.

　그림을 그리기 위해 텅 비어 있는 캔버스를 마주하고 앉았을 때 어떤 생각을 하게 되나요? 저는 두려움을 느낍니다. 무엇으로 채워야 할지, 어떤 색을 사용하면 좋을지 등 캔버스의 백지 같은 마법에 홀려 바보가 되어 버립니다. 그리고 그 여백을 못 견뎌 할 때가 있습니다. 캔버스에 집 한 채를 그리고 나서 무언가 모자라다는 생각에 나무, 울타리, 사람 등을 채워 넣습니다. 다 못 푼 마음을 그대로 둔 것이 두려운 것입니다.

하지만 우리 10대들은 다릅니다. 10대들에게 텅 빈 캔버스는 마냥 뛰어놀 수 있는 놀이터입니다. 놀이터에서 들려오는 꼬마 아이들의 깔깔대는 소리는 그 어떤 소리보다 행복하게 다가오지 않나요? 마찬가지로 10대들도 새하얀 세상을 자신만의 생각으로 채워 나가며 여백을 즐기는 것입니다.

여백

도종환

언덕 위에 줄지어 선 나무들이 아름다운 건
나무 뒤에서 말없이
나무들을 받아안고 있는 여백 때문이다

나뭇가지들이 살아온 길과 세세한 잔가지
하나하나의 흔들림까지 다 보여 주는
넉넉한 허공 때문이다

빽빽한 숲에서는 보이지 않는
나뭇가지들끼리의 균형
가장 자연스럽게 뻗어 있는 생명의 손가락을

일일이 쓰다듬어 주고 있는 빈 하늘 때문이다

여백이 없는 풍경은 아름답지 않다
여백을 가장 든든한 배경으로 삼을 줄 모르는 사람은

— 시집 『슬픔의 뿌리』(실천문학, 2002)

공백은 단순히 비어 있음을 뜻하지만, 여백은 절제미를 위해 과감히 생략된 공간을 의미한다고 합니다. 여백이 있는 풍경이 아름답고 여백이 있는 사람에게서 인간미가 느껴지는 것은 인간의 당연한 정서적 반응 때문일 것입니다. 도종환 시인의 시를 접하고 나서 집 근처에 있는 나무를 올려다본 적이 있습니다. 굽이굽이 뻗어 나간 가지와 파랗게 돋아난 나뭇잎 사이로 보이는 하늘이 나무의 인생을 말해 주는 증인처럼 말없이 지켜 주고 있었습니다. 그리고 시에 나온 구절처럼 나뭇가지의 흔들림까지 알아챌 수 있는 것은 바로 든든하게 자리 잡고 있는 하늘 때문이라는 것도 함께 알아 가게 됩니다. '여백을 가장 든든한 배경으로 삼아야 한다'는 시인의 마지막 말처럼 우리는 여백이 누구에게나 필요하다는 것을 알고 있는지도 모릅니다. 다만 여러 가지 이유로 그 여백을 뒷전으로 밀어 놓고 살아갈 수도 있고, 어떤 이는 일부러 모르는 척하는 것일 수도 있습니다. 그렇지만 10대들만이라도 그 여백을 몸소 느끼게 하고 즐길 수 있게 해야 하지 않을까요?

그림을 그릴 때 마주하는 텅 빈 캔버스를 다시 한 번 떠올려 보세요.

까만색으로만 채워진 캔버스를 떠올려 보면 어떤 생각이 드시나요? 어떤 것으로든 채워야 한다는 강박관념 때문에 까맣게 칠했다거나, 기존과는 다른 방식으로 그려졌거나 생소하다는 이유로 그 가치를 폄훼하지는 않았는지요?

초등학교 미술 시간에 일어난 일을 소개해 드리겠습니다. 특정한 소재를 정하지 않고 자신이 그리고 싶은 것을 정해 자유롭게 그리는 시간이었는데, 아이들은 자신의 가족을 그리기도 하고 주변 풍경을 그리기도 하는 등 다양하게 각자의 생각을 그림으로 표현하고 있었습니다. 그중 한 아이가 눈에 띄었는데, 흰 스케치북에 까만 크레파스로 온통 까맣게 색칠을 하고 있었습니다. 그것을 발견한 선생님은 어떤 반응을 보였을까요? 화를 내고 종이를 낭비한 아이의 행동을 지적하고 혼을 냈습니다.

그러자 그 아이는 어리둥절한 표정으로 말했다고 합니다.

"선생님, 저는 김을 그렸어요. 제가 제일 좋아하는 반찬이거든요."

여러분 같으면 이 상황을 어떻게 받아들이시겠습니까?

낙서로 치부해 버릴 수도 있는 까맣게 칠해진 그림이 그 아이가 가장 좋아하는 '김'이라고 생각할 수 있었을까요? 그 그림에 담긴 의미를 찾는 것은 뒷전으로 밀어 놓고, 우리의 관념에서 벗어났다는 이유로 애써 의미를 평가 절하해 버린 것은 아니었을까요? 그 아이는 하얀 스케치북을 자신이 좋아하는 것으로 채워 나갔던 것입니다. 그 마음을 읽어 주고 칭찬해 줄 일이었음에도 불구하고 자신이 가장 좋아하는 것을 그렸던 그 아이에게 돌아온 것은 비난 뿐이었습니다. 아이는 정해진 틀에 구애받기보다는 서툴고 미숙함으로 기존의 틀에 맞서 부딪혀 본 것은 아닐까요?

선생님이 아이를 혼낸 것은 그 아이가 아직 서툴고 미숙하기에 그 그림 역시 미숙하리라는 생각이 이면에 깔려 있었기 때문이 아닐까요? 아이의 생각을 들어 보고 좀 더 지켜봤더라면 깨가 뿌려져 있는 먹음직한 김이 완성되었을지도 모릅니다. 여유와 여백은 생각을 쉬게 하는 것이 아니라 오히려 생각을 키우는 힘입니다. 또한 여유는 '처음'을 애정 어린 시선으로 바라보는 눈이고 여백은 '처음'이라는 말의 뒤에서 묵묵히 그 가치를 부각시켜 주는 밑그림입니다.

처음, 서툶, 여유, 여백 그리고 아이

어떠세요? 처음, 서툶, 여유, 여백이라는 단어의 연결고리가 보이시나요?

중학교 1학년 수업 시간에 있었던 일을 소개하겠습니다. 중학교 생활은 처음이기에 학교 적응도를 높이기 위해 1학년 학생들에게는 추가적으로 주간생활계획표 작성하기, 친교 프로그램 운영, 학교 프로그램 소개 등 다양한 학교 행사들이 쉴 새 없이 진행 중이었습니다. 또한 단원평가를 비롯한 각종 수행평가로 인해 수업에 참여하는 학생들의 눈은 이미 풀려 있었고, 학기 초의 생기라고는 찾아볼 수가 없었습니다. 그래서 수업 참여도가 떨어지는 것은 물론이고 이미 깊은 잠에 빠져 있는 아이들도 몇 있을 정도로 수업 준비 상태는 엉망이었습니다. 이 상태로 수업을 진행한다면 혼자서 45분간 떠들다가 수업이 끝나고 말겠다는 생각에, 아이들의 뇌를 깨우고자 흥미를 끌 만한 문제를 내고, 그에 따른 보상을 약속하였습니다. 제시한 문제는 "사전에 등재된 단어 중에 '물질적·공간적·시간적으로 넉넉하여 남음이 있는 상태'로 정의되어 있는 낱말이 무엇인가?"였습니다.

어떤 답이 떠오르시나요? 정답은 바로 '여유'였습니다. 의외로 쉽사리 떠오르지 않는 단어죠. 아이들은 생각이 잘 안 나는지 한참 주위 친구들과 웅성웅성 이야기를 하더군요. 그러다 여기저기서 하나둘 손을 들기 시작했습니다.

"사랑이요."

"부자 아니에요?"

'일일 간식권'을 보상으로 내걸었더니 아이들의 반응은 예상 밖으로 열광적이었습니다. 우리도 가끔 사소한 것에 목숨 걸 때가 있습니다. 아이들의 대답 중 그럴싸한 답변도 있었지만 제가 요구한 정답은 나오지 않았습니다. 그래서 힌트를 주었습니다.

"두 글자이고 둘 다 모음 'ㅇ'으로 시작하는 말이야."

힌트를 듣고 여기저기서 또 다양한 대답이 쏟아졌습니다. 이유, 얼음 등 각양각색의 이유를 붙여 가며 자신의 의견을 합리화하는 아이들의 모습이 억지스럽기도 하고 귀엽기도 했습니다. 그중에 한 아이의 대답이 제가 바라던 '여유'라는 정답보다 더 정답에 가까울지도 모르겠다는 생각이 들었습니다.

"저는 '아이'라고 생각합니다. 왜냐하면 아이는 부모님의 사랑을 듬뿍 받고 있고 고민도 없고 자고 싶을 때 자고 울고 싶을 때 우니까 모든 면에서 넉넉할 것 같아요."

그 아이는 '여유'라는 정답을 찾지는 못했습니다. 하지만 '아이'와 '여유', 전혀 연결될 것 같지 않은 두 단어를 정말 완벽하게 연결시키고 있었습니다. 두고두고 곱씹어 봐도 참 기가 막힌 답이었습니다. 아이가 지닌 특성과 여유라는 단어의 의미가 그 아이 입장에서는 자연스럽게 연결된 것이었습니다. 짧지만 깊은 울림이 있는 아이의 말에 감탄이 새어 나오기도 했지만 약간의 부끄러움을 느낀 것도 사실입니다. '아이'라고 답한 14살의 그 아이에게서 정작 여유를 찾아볼 수는 없었기 때문입니다. 그리고 그 여유를 박탈하는 일에 저도 일조하고 있다는 생각이 들었습니다.

빽빽한 숲에서는 보이지 않는
나뭇가지들끼리의 균형
가장 자연스럽게 뻗어 있는 생명의 손가락을
일일이 쓰다듬어 주고 있는 빈 하늘 때문이다

앞서 보았던 도종환 시인의 시 「여백」의 일부분입니다. 빽빽한 숲에서 사는 10대들은 그 속에서 나름의 균형을 잡으며 살아가고 있고, 그들을 쓰다듬어 주는 것은 빈 하늘이었습니다. 그 빈 하늘의 다른 이름은 여백이자 여유가 아닐까 하고 추측해 봅니다. 아이들이 뛰어놀 때 들려오는 해맑은 웃음소리를 들으며 우리도 모르게 미소짓게 되는 이유는 그 아이의 행복감이 듣는 이에게도 전달되기 때문이 아닐까요?

물과 같은 존재로 자라나거라!

그런데 우리는 정작 그 행복감의 이유와 지켜 나가는 방법에 대해서는 깊이 고민하지 않았습니다.

그 고민에 대한 답을 어쩌면 노자의 『도덕경』에서 찾을 수 있을지도 모르겠습니다.

大器晚成(대기만성)

無爲自然(무위자연)

上善若水(상선약수)

중국 춘추시대에 도가사상을 창시한 철학자인 노자가 『도덕경』에서 강조한 내용들입니다. 인위(人爲)를 거부하고 대자연과 하나가 되어 자연의 흐름에 내맡기고 살아가는 것이 이상적인 삶임을 주장한 노자의 사상이 우리들에게 주는 시사점은 적지 않습니다. 대기만성(大器晚成)은 어른들이 10대들에게 요구하는 것들에 대한 생각의 전환이 필요함을 말하고 있습니다. 가혹하리만큼 10대들에게 요구되었던 것들이 단지 어른들의 조바심 때문이었고, 아이들이 일찍 두각을 드러내지 못한다며 조바심 낼 필요가 없다고 말하는 것입니다. 그 조바심은 우리 스스로가 만들어 낸 울타리가 아닐까요? 아이들은 전혀 조바심을 느끼지 않습니다. '큰 그릇은 늦게 이루어진다'는 의미처럼 아이들의 성장을 위해서는 긴 시간과 많은 인내가 요구되고, 겉으로 보이는 표상에만 흥분할 것이 아니라 그의 내면에 흐르는 긍정적인 흐름을 찾아 격려하며 꾸준히 견인해 주는 지혜가 필요하다는 겁니다.

또한 노자는 인위적인 것보다는 자연스러운 것, 형식적인 것보다는 실질적인 것을 더 상위의 덕이라 무위자연(無爲自然)을 통해 말하고 있습니다. 노자의 사상의 출발점은 무위(無爲)입니다. 무위란 '무슨 일을 함에 있어 의도적으로 꾸미지 않는다'는 뜻으로 물이 흐르듯, 구름이 떠가듯 자연스러운 운행을 거스르지 않는 것이 가장 위대한 도라고 말합니다. 우리는 여기서 '10대'라는 말에서 '불완전, 미숙함, 서툴다'라는 말을 찾아내어 인위적으로 변화를 유도하기보다는 자연스러움으로 지켜보고 기다리는 것이 아이들의 성장을 위해서 더 필요하다는 사실을 깨닫게 됩니다. 이 깨달음을 실천할 때만이 상선약수(上善若水)에 담긴 지극히 착하고 이 세상에서 으뜸가는 선의 표본인 '물'과 같은 존재로 10대들이 자랄 수 있지 않을까요?

우리 주변에 보면 완결 무결주의자로, 형식에 얽매어 친구의 글을 띄어쓰기, 토씨, 방언, 맞춤법 등에 관해 하나하나 지적하거나 사소한 말꼬투리를 잡아 힐난하는 10대들을 보게 됩니다. 그리고 1년 내내 남에게 베풀 줄 모르고, 자신의 허물은 관대하게 바라봐 주길 원하면서, 친구의 허물은 법률적, 도덕적 잣대로 차갑게 재단하는, 그래서 인정미 없이 쌀쌀맞은 아이가 존재합니다. 실수투성이이고 때론 넘어지더라도 인간미 넘치는 아이, 남의 허물을 보듬어 줄 줄 아는 아이가 필요한 즈음입니다. 그리고 그것을 너그럽게 바라봐 줄 줄 아는 따뜻한 시선이 선행되어야 하는 건 당연합니다. 3살짜리 어린아이를 키웠거나 자라는 모습을 지켜보신 적이 다들 있을 것입니다. 어떤 행동을 하건, 어떤 실수를 하건 모든 것이 처음이니까 예뻐 보였던, 그때의 애정 어린 시선을 잊지 말아야 할 때입니다.

노자의 사상은 기존의 10대를 바라보던 관념과는 다른, 학생 이해 방식일 수 있습니다. 조선 시대부터 삶 깊숙이 자리 잡았던 성리학은 굉장히 복잡하고 꽉 틀에 짜여져 있으면서 책에 쓰인 방식대로만을 강요했습니다. 유교적 생활방식만을 강조하기 때문에 고리타분하고 실용적이지도 않았습니다. 명분과 이론 앞에서는 따라올 다른 학문이 없었지만 이런 것들은 당시 양반들에게나 유익하던 것이고 정작 실용적인 기술과 학문을 필요로 하던 일반 평민 계층에게는 아무런 도움도 안 되는 내용이었을 뿐입니다. 이러한 사상을 10대들에게 요구하는 것은 변화에 민감하고 실용성을 중시하는 10대들에겐 벗어나고 싶은 굴레처럼 느껴질 수 있습니다. 교사로서 아이들을 매일 만나다 보니 변화, 실용이라는 말을 아이들이 상당히 좋아한다는 것을 알게 됩니다.

아이들을 통해 다양한 교실 밖 변화를 접할 때가 많습니다. 단풍나무의 잎이 빨갛게 물들었다느니, 선생님의 넥타이가 빨간색에서 파란색으로 바뀌었다느니 등등 사소한 변화에도 민감하게 반응하는 것이 10대들이라는 것을 우리들은 잘 알고 있습니다. 한창 감수성이 풍부한 10대들에겐 변화가 곧 대화이고 삶인 것입니다. 변화에 둔감해져 버린 어른들과는 많이 다릅니다.

"선생님, 저 오늘 달라진 곳 없어요?"

수업에 들어가면 가끔 아이들이 다짜고짜 물어 올 때가 있습니다.

"선생님, 저 오늘 달라진 곳 없어요?"

순간 머리가 멍해지면서 할 말을 잃게 됩니다. 달라진 부분을 전혀 찾을 수 없었기 때문입니다. 마치 퇴근해서 아내를 만났을 때 '나 달라진 것 없어?'라고 물어 오는 아내의 질문에서 느끼는 공포심과도 유사한 감정이 느껴지기도 합니다. 모른다고 했을 때 비난의 화살이 날아오는 건 당연한 일입니다. 이미 주위 친구들은 그 작은 변화를 충분히 인지하고 있었습니다. 그러고는 자기들 끼리 더 예뻐졌다며 낄낄대며 웃었습니다. 그 아이가 말한 변화는 앞머리가 1센티 짧아졌다거나 평소와는 달리 예쁜 머리핀을 꽂았다거나 또는 평소에 입지 않던 새 옷을 입었다거나 하는 등의 작은 것들입니다. 이처럼 작지만 사소한 변화를 발견하고 반응해 줄 때 아이들은 생각보다 큰 기쁨을 느낍니다.

10대들이 흔히 하는 말 중에 실용성에 의문을 제기하는 것들이 많습니다.

"이게 저한테 무슨 도움이 돼요?"
"저한테는 전혀 의미 없는데요."
"제가 왜 해야 되는지 모르겠어요."

열심히 준비한 학교 행사를 할 때나 새로운 방식의 수업을 도입했을 때, 아이들은 나름의 기준으로 프로그램의 실용성을 따져 본인의 기준에 부합하지 않으면 의미 없는 행사로 받아들이거나 그 목적에 의문을 품곤 합니다. 그러곤 불평들이 여기저기서 쏟아집니다. 여러분도 10대 때를 떠올려 보세요. 누구나 학교라는 공간뿐만 아니라 사회 곳곳에서 벌어지는 현상에 대해 불평을 늘어놓곤 했을 것입니다. 이러한 10대들의 모습은 성장해 가기 위한 과정에서 필요악일 수 있습니다.

앞서 언급했던 '처음부터 왜 그래?'보다 '처음이니까 괜찮아'라는 말 한마디가 아이들에겐 노자가 말한 대기만성이고 무위자연을 실천하는 것입니다. 10대들의 특성은 노자가 강조했던 내용들과 맞닿아 있습니다. 그들만의 여백을 인정하고 여유를 가질 수 있도록 한 발짝 뒤에서 지켜봐야 할 때입니다.

선생님도 처음이 존재한다

　여기서 우리는 10대들과 하루의 상당 시간을 함께해야 하는 교사들의 처음에 대해서도 들여다볼 필요가 있습니다. 교사들에게 '처음'이라는 말은 쉽게 허락되는 말이 아닙니다. 아이들을 가르쳐야 하고 아이들의 기준점이 될 수 있기에 당연히 모범적이어야 한다며 교사들에겐 가혹하리만큼 엄격한 잣대를 적용하는 경우가 많습니다. 누구에게나 그런 것처럼 교사에게도 처음은 있는데 말입니다.

　국어 수업 시간의 일입니다. 한 학생이 김남조 시인의 「겨울 바다」라는 시를 저에게 내밀며 시의 내용 중 '미지의 새'가 의미하는 것이 무엇인지 물어보았습니다. 갑작스럽게 내민 터라 쉽사리 답변을 내놓지 못했습니다. 그러자 그 학생은 팔짱을 낀 채로 저에게 물었습니다

"선생님인데 왜 그걸 몰라요?"

따지는 듯한 아이의 태도에 당황했지만 이렇게 말했습니다.

"처음 접하는 시라 분석이 쉽지 않다."

"선생님인데 모르면 안 되죠."

결국 돌아오는 건 핀잔이었습니다.

"선생님도 처음이라는 것이 있다. 선생님도 태어날 때부터 잘한 것은 결코 아니다. 다만 많이 접해 봤기 때문에 너희들보다 조금 앞서 있는 것일 뿐이다."

이렇게 아무렇지 않다는 듯이 대답해 주었습니다.

"그래도 선생님인데…"라며 말끝을 흐리던 그 아이의 모습이 아직도 머릿속에 남아 있습니다.

그 아이는 '처음'이라는 이유를 고려하기보다 선생님이라는 존재에 대해 엄격한 잣대를 들이댄 것입니다. 늘 자기의 미숙함을 처음이라는 이유로 합리화하던 그 아이에게 교사도 처음은 서툴고 미숙할 수 있다는 것을 알게 하는 데에는 상당한 시간과 인내가 필요했습니다. 학생들은 여유와 기다림으로 자신을 바라봐 주길 원하지만 정작 자신들은 냉혹한 시선으로 교사를 바라보고 있었습니다.

교사가 되기 위해 누구보다 열심히 공부했고, 목표를 향해 쉼 없이 노력했을 교사들이 그토록 바라던 교사라는 자리에서 힘든 싸움을 이어 가고 있는 것은 교사에게 너무 많은 것을 요구해서가 아닐까요? 교사를 향해 팽팽하게 당기고 있는 끈을 조금 느슨하게 풀어 줄 순 없었을까요?

　제가 교사 생활을 하면서 힘든 시기에 서로 의지하고 마음을 나누었던 한 분 선생님의 이야기를 할까 합니다. 당시 교직에 들어선 지 얼마 되지 않았던 그 선생님은 열정으로 가득했습니다. 마치 챔피언스리그 결승전에 출전하기만을 기다리는 스트라이커의 모습과 흡사했습니다. 학생들과 교사들 모두 그렇게 느끼고 있었습니다. 하지만 어느 날 우연히 보게 된 그 선생님의 업무 수첩에는 교사로서 느끼는 슬픔과 아픔이 고스란히 담겨 있었습니다.

　항상 나 자신의 부족함만으로도 충분히 힘들다.
　하지만 그 위에 더해지는 엄격한 잣대와 기준들…
　거기에 더해 아이들이 바라보는 가혹한 시선이 견딜 수 없이 아프다.
　항상 시작은 좋았다.
　혼내는 것, 싸우는 것이 가장 힘이 든 나를 아이들은 처음엔 좋아했지만
　그것이 길게 가지 않았다.
　한 달이 채 가지 않아
　나의 물러터진 성격을 알아 버리고 작은 실수로 인해
　아이들은 한없이 무례해지고 수업은 축축 처져 가고
　집중하지 않는 아이들은 저희들끼리 떠드느라 여념이 없고
　아이들에게 부탁하고, 싫은 소리하고 다시 짜증 내며

수업의 많은 시간이 흘러갔다.

나를 바라보는 그들의 눈빛을 보며

나는 정말 벌레가 되어 버린 것처럼 부끄러웠다.

어느새부턴가 수업종이 쳐도 책을 펼쳐 놓기는커녕

수업에 들어오지 않는 학생이 많아지고

내가 들어와도 느적느적 그때서야 뒤로 나가 책을 책상 위에 던진다.

쉬는 시간에 마주쳐도 인사하지 않고 나를 빤히 쳐다보며 지나치는 아이들을 보며

그것을 보지 못한 척 지나쳐야 하는 내가 너무 싫다.

난 교사란 직업에 맞지 않는 사람인가?

가르치는 것이 좋았고 잘한다고 믿었고

아이들에게 꾸중을 하는 것이 아니라

칭찬과 힘을 주는 교사가 될 자신이 있었는데.

지금의 나는 내일이 기다려지지 않는, 절망의 교사이다.

부족한 것이 너무나도 많아서 무엇부터 어떻게 채워야 할지 알 수가 없다.

아이들에게 어떻게 다가서야 할지 용기가 나지 않는다.

무기력으로 아무것도 하기 싫어 자꾸 내 안으로 들어가 버

린다.

슬프다.

아프다.

나도 교사이기 이전에 사람이다.

그 선생님이 받았을 상처와 그로 인해 느꼈을 회환의 감정이 고스란히 느껴지는 듯하여 한동안 말을 건네기조차 힘들었습니다. 슬플 때 위로하면 참고 참아 왔던 눈물을 쏟아낼 것 같아 말없이 바라만 봐야 했습니다. 후일담이지만 학교에 온 지 얼마 지나지 않아서 아직 학교에 대한 정보가 부족한 상황에서 아이들에게 학교에 대한 잘못된 정보를 알려 주었다고 합니다. 그 이후로 아이들은 자신들보다 선생님이 학교에 대해 잘 모른다는 이유로 선생님을 무시하게 되었고, 선생님에 대한 신뢰도 또한 떨어지게 되었습니다. 이는 수업 내용에 대한 불신으로 이어져 수업 분위기는 점점 망가져 갔다고 합니다.

유사한 이야기지만 아이들은 새로운 선생님이 학교에 오면 항상 시험에 들게 하려는 경향이 있습니다. 자신들을 가르칠 만한 능력이 있는지를 검증하는 것입니다. 해결하기 어려운 문제를 풀게 한다거나 어려운 용어들을 섞어 가며 질문을 가장한 검증을 하는 것입니다. 일종의 통과의례라고 할 수 있습니다. 그 검증을 통과하지 못하면 아이들의 선생님에 대한 존경심을 기대하기는 어렵습니다. '내일이 기다려지지 않고 자꾸 내 안으로 들어가 버린다'는 구절이 많은 교사들이 한 번쯤 느껴 봤고 고민해 봤을 현실이 아닐까 싶어 안타까웠습니다.

교사이기에 더 큰 도덕성이 요구되고 사회 통념에 비추어 더 엄격한 잣대가 적용될 수밖에 없다는 것에는 동의합니다. 하지만 그들 나름의 어려움이나 실수에 대한 이해나 인정이 부족한 것도 사실입니다. 그들도 당연히 실수가 있을 수 있고 여유가 필요하며 사람 냄새를 풍길 수 있음에도 교사이기에 참아야만 하는 현실이 못 견디게 힘듦으로 다가올 때가 있습니다.

선생님의 처음을 응원해 주세요

중학교에서 아이들을 가르치고 있는 후배가 전화를 해서 짜증 섞인 목소리로 버럭 화를 낸 적이 있습니다.

"형, 교사가 도대체 뭐라고 생각해요?"

난데없는 질문에

"아이들을 인정해 주고 바르게 성장하도록 도와주는 조력자지."

"그 조력자는 잠도 못 자나?"

이유인즉슨 밤 11시가 넘어서 학부모가 전화한 것은 애교라 치더라도 다짜고짜 전화해서 자신이 누구 학부모인지 밝히지도 않고 대뜸 시험 문제가 이상하다고 따지는 통에 3시간 동안 수화기만 붙잡고 있어야 했던 것입니다. 화를 삭이고 잠을 청했지만 밤새 잠을 이루지 못했고 다음 날 출근하자마자 저에게 전화를 걸어 온 것이었습니다.

　무엇이 그를 그토록 화나게 했을까요? 예의가 없었을 수도 있고 배려가 부족해서일 수도 있습니다. 하지만 저는 교사에게 엄격한 잣대를 적용했기 때문이라고 생각합니다. 학생을 가르치는 교사이므로 '학생에 관한 사항은 언제, 어디서든 괜찮다'라는 기준을 말입니다. 하지만 우리는 알아야 합니다. 퇴근 시간 이후에 걸려 오는 학부모의 전화는 받고 싶지 않을 때도 있고 가족과 함께하는 저녁 식사를 방해받고 싶어 하지도 않습니다. 또한 늦은 밤에는 푹 잠들고 싶고, 학교나 업무에 관한 일에 대해 생각하고 싶지 않을 때도 있습니다. 분명 우리 모두 다 그러합니다. 11시가 넘어 전화를 걸어 온 그 학부모는 자신의 기준을 교사에게 적용한 것입니다. 교사의 삶이나 입장을 조금이라도 고려했다면 밤 11시에 전화를 하거나 다짜고짜 시험 문제에 대해 이의 제기를 하진 않았을 것입니다. 교육자로서 소명의식이 퇴색되어 간다고 말할지도 모르겠습니다.

하지만 스스로에게 물어보십시오. 자신은 하기 싫은 일을 남에게는 요구하고 있지 않은지, 자신의 기준으로 남을 재단하고 있지는 않은지를요. 교사도 마찬가지입니다. 동의하실지 모르겠지만 '선생님의 편안한 쉼이 곧 아이들의 쉼이고, 선생님의 여유가 아이들의 여백이 된다'라고 저는 말하고 싶습니다.

> 선생님은
> 학생들 마음에 색깔을 칠하고, 생각의 길잡이가 되고,
> 학생들과 함께 성취하고, 실수를 바로잡아 주고, 길을 밝혀 젊은이들을 인도하며
> 지식과 진리에 대한 사랑을 일깨웁니다.
> 당신이 가르치고 미소지을 때마다
> 우리의 미래는 밝아집니다.
> 시인, 철학자, 왕의 탄생은 선생님과 그가 가르치는 지혜로부터 시작하니까요.

'케빈 윌리엄 허프'의 「스승의 시」라는 시로 선생님의 존재 가치에 대해 일깨워 주고 교사가 걸어야 할 길에 대해 방향을 제시

하고 있습니다. 교사가 되고자 하는 이들과 초임 교사들에게 괴롭고 힘든 상황에서도 마음을 다잡을 수 있는 버팀목이 되게 해 주는 글이기도 합니다. 이 시를 화가 잔뜩 난 후배에게 보내 줬더니 이렇게 답장이 왔더군요.

'그건 처음 교사가 됐을 때고….'

과연 처음과 지금은 무엇이 달라진 것일까요? 교사가 달라졌건, 교사를 바라보는 시선이 달라졌건 간에 중요한 것은 교사로서 살아간다는 것이 쉬운 것만은 아니라는 점입니다.

중학생 때 저를 가르치셨던 수학 선생님은 자신이 어디 가서 선생님이란 말을 하지 않는다고 말씀하신 적이 있습니다. 왜 선생님은 학교 밖에서 당당하게 선생님이라고 말하지 못하시는지 의문이 들었습니다. 아이들의 학교생활을 지도하는 모습이나 수업 중에 문제를 막힘없이 풀어 나가시는 모습이 꽤나 멋있어 보였는데 말입니다. 그 이유는 두 가지였습니다. 첫째는 선생님이라고 하면 남들보다 훨씬 엄격한 잣대로 행동 하나하나를 판단하여 부담이 된다는 것이었습니다. 둘째는 어디 가서 선생님이라고 이야기하면 욕을 듣기 때문이라고 하셨습니다.

사회가 이상하게 돌아가거나 사회적인 문제가 발생하면 교육에서 그 원인을 찾으려 하고 결국 사회 문제의 원인을 학교 교육, 그 교육을 하는 선생님의 탓으로 돌려 버린다는 것이었습니다. 물론 사회가 부정적인 방향으로 흘러가는 것의 원인이 교육에도 있다고 생각합니다. 하지만 우리는 알아야 합니다. 교육은 학교에서만 이루어지지 않는다는 것을 말입니다. 가정에서, 공동체 사회 속에서도 교육은 늘 이루어지고 있다는 사실을 기억해야 합니다. 이 사회의 모습은 교사뿐만 아니라 이 사회가 만든 결과물입니다.

사회를 바꾸기 위해서는 우리 모두의 노력이 필요합니다. 그리고 교사도 하나의 사회 구성원이고 사람입니다. 사람은 완벽할 수 없고 그저 완벽을 추구하기 위해 계속해서 노력하는 존재입니다. 교사 스스로도 바뀌어야 하지만 교사를 바라보는 우리의 인식도 개선되어야 합니다. 또한 교사들의 '처음'을 지켜 주기 위해서는 쉼과 여유가 필요하다는 것을 받아들이고 인정해야 합니다.

"같이 오락실 가실래요?"

제가 선생님이라는 것을 아는 사람이 이 질문을 받는다면 대부분 놀란 눈으로 저를 쳐다볼 것입니다. 오락실을 출입하는 아이들을 지도해야 하는 선생님이 어떻게 오락실을 다닐 수 있느냐고 반문하는 것입니다. 저는 올해 7살인 아들과 함께 가끔 순천 중앙동에 위치한 '둘리 오락실'에 들러 '비행기 게임', '보글보글', '자동차 게임' 등을 즐겨 하곤 합니다. 의자를 옮겨 가며 여러 게임에 집중하다 보면 스트레스 해소는 물론 잡념을 떨쳐 버릴 수 있게 됩니다. 1시간 정도는 그냥 훌쩍 지나가 버립니다. 한참 게임에 집중하고 있을 때쯤 우리 학교 학생이 다가와 놀란 듯이 "선생님 맞네요. 근데 선생님도 오락실을 다녀요?"라고 물었습니다. 평소에는 기숙사 생활을 하지만 주말을 맞아 집으로 돌아간 학생이 오락실에서 저를 보고 혹시나 하는 마음에 다가와 말을 건 것입니다.

"선생님도 오락 좋아해. 같이 할래?"

안 될 이유가 있나요? 저는 주말이라는 캔버스를 오락이라는 그림으로 채우는 것을 좋아합니다. 주말의 캔버스는 결코 빽빽하지 않게, 듬성듬성 채워 나갑니다. 그리고 그 그림은 완벽과는 거리가 먼 낙서에 가깝지만 그 그림은 여유이자 저를 버티게 하는 힘이 됩니다. 교사라고 해서 오락실 가지 말란 법은 없지 않습니까?

처음과 서툶에 대한 인정은 이해를 낳고 배려를 부르게 됩니다. 10대의 학생이든, 교사든, 대상이 누구인지가 중요한 것이 아니라 누구나 있을 처음을 받아들일 때 서로 같은 곳을 바라볼 수 있는 것입니다. 아이를 처음으로 품에 안게 되는 순간 엄마도 엄마가 처음이라 서툴고 부족할 수밖에 없습니다. 마냥 좋은 것만 주고 싶고, 아이에게 해가 될 만한 것은 어떻게든 차단하고 싶은 그런 마음이지만 아이에게 좋다고 생각하는 것이 정말 좋은 것인지에 대해서는 정확히 알지 못하는 경우가 많습니다. 엄마에게도 처음은 존재하는 법입니다. 처음이기에 서툴고 실수할 수 있다는 사실을 인정하면 실수가 부끄럽지 않게 되고 주위로부터 격려를 받을 수 있습니다. '처음이니까 괜찮아'라는 말처럼 말입니다.

처음이라는 말을 가슴 설레게 받아들이고 응원해 주십시오. 그러면 그 사람을 마음 깊숙이 얻을 수 있습니다. 서로를 보기 위한 시작이 바로 인정이고 서틂의 인정은 새로운 도전과 시작에 대한 두려움을 없애 줄 수 있다는 사실도 잊지 마십시오.

"선생님, 처음이니까 당연한 거예요!"

처음으로 교직에 들어섰을 때 전교생 132명을 데리고 3박 4일 동안 지리산을 종주하는 체험학습을 가게 되었습니다. 어린 시절 산골에서 태어나 중학교까지 시골학교를 다녔던 저에게 산은 놀이터였고 어린 시절의 대부분을 산에서 보냈습니다. 그래서인지 늘 접하는 산이 몹시도 지겨워서 여행을 가더라도 계곡보다는 바다를 선호했습니다. 혼자서 산을 타는 것은 자신 있었지만, 학생들을 이끌고 3박 4일 동안 지리산을 종주한다는 사실이 부담되었습니다.

하지만 아이들을 이끌어야 하는 교사이기에, 그것도 초년 교사였기에, 지리산에 대해 아무것도 모르는 상태였지만 열정만 있으면 무엇이든 다 할 수 있다는 근거없는 자신감으로 지리산 종주를 떠나게 되었습니다. 열정이면 다 되었을까요? 그렇지 않았습

니다. 지리산은 쉽사리 자신의 정상을 내어주지 않았고, 아이들과 속도를 맞추고 뒤처지는 아이들을 이끌어 주다 보니 제 다리와 무릎은 이미 제 것이 아닌 것처럼 느껴졌습니다. 시골에서 태어나 복숭아 서리를 하며 이 산 저 산을 넘어 다녔던 저였지만 지리산 종주는 생각처럼 쉽지만은 않았습니다. 그래서 뒤처지기도 하고 그 자리에서 주저앉기도 했습니다. 발바닥에 물집이 잡혀 양말을 벗고 말리는 아이, 무릎에 파스를 연신 뿌려 대는 아이 등 흡사 전쟁터에서 돌아온 패잔병의 모습으로 여기저기 학생들이 널부러져 있었지만 저 역시 힘들다 보니 주위를 신경 쓰지 못하고 있었습니다.

한참을 주저앉아 있는 저에게 우리 조 3학년 학생이 다가와 "선생님, 괜찮으세요?" 하며 걱정스러운 눈빛으로 "처음이니까 당연한 거예요"라고 말해 주었습니다. 무심코 쉽게만 넘겨 버렸던 그 아이의 말이 노고단 대피소에 도착해 잠자리에 누워 있는 와중에 문득 생각이 났습니다. 평소에 말썽꾸러기였던 아이였기에 복도에서 마주칠 때면 피하고 싶었던 그 녀석이 건네준 말 한마디가 제 마음속에 들어온 날이었습니다. 저의 어려움을 처음으로 인정해 준 아이였기 때문입니다.

시작할 때 모든 부분에서 서툴 수밖에 없는 것은 당연합니다. 그리고 처음부터 슈퍼맨이기를 바라는 이는 없을 것입니다. 단지 바라는 것은 빨리 적응하도록 노력하는 것이지 처음부터 능숙하길 바라지는 않습니다. 요즘 10대들이 워낙 아는 것이 많고 다양한 경험도 많이 해 봤다고 하더라도 다년간 학생들을 보아 온 교사의 눈에는 서툴게 보일 수밖에 없습니다.

처음이어서 또는 경험이 부족해서 서툴 수밖에 없는 상황에서는 서툰 대로 보여 주세요. 서툰 사람이 서툰 게 뻔한데 능숙한 척하는 건 숙련자의 눈에는 모두 보이는 뻔한 거짓말일 테니까요. 10대들이 모든 것을 능숙하게 해내는 슈퍼맨이길 바라는 사람은 아무도 없습니다. 그리고 그 서툶을 먼발치에서 바라봐 주기만 하면 되는 것입니다. '그럴 수도 있지'라는 말이 자리를 잃어 가지 않도록 한 발짝 물러서서 서로를 바라볼 때입니다.

2장

내 인생의 뚜껑은 아직 닫혀 있다

1,000만 가지 색깔과 바코드

세상에는 다양한 색이 존재합니다. 개인마다 차이는 있지만 인간의 눈으로 인지할 수 있는 색깔의 종류는 대략 1,000만 가지라고 합니다. 하지만 우리의 언어는 1,000만 가지의 색깔을 다 구분하여 표현하기엔 역부족입니다. 우리말에는 '노르스름하다', '누렇다', '샛노랗다', '누리끼리하다'와 같이 유사한 느낌을 지닌 말들이 많이 있지만 사실 그 경계는 분명하지 않습니다. 그래서 우리는 노랗게 피어 있는 다양한 종류의 꽃을 보며 '노란 꽃'이라고 단순화해서 말하곤 합니다.

말이 사고를 지배한다고 하는데 단순화된 언어 습관은 단순한 사고로 이어져 개성을 찾으려 하기보다는 그룹화하는 것을 선호하게 되는 듯합니다. 보편적으로 사람들은 '구분이나 경계를 명확히 하기 어려운 부분에 대해 같은 것으로 인식해 버리는 성향'이

있기 때문입니다. 복잡한 세상 살아가기도 벅찬데 애매한 것을 구분 짓는 데 시간을 쏟을 여유가 없어서일 것입니다.

이러한 인간의 특성은 색을 구분하는 데만 적용되지는 않습니다. 사람을 대할 때도 마찬가지로 개개인의 특성을 고려해 개성을 찾으려 하기보다 나름의 기준을 판단 근거로 동일시하려는 경향이 있습니다. 저는 길거리를 지나다가 외국인을 마주치면 다 미국인이라고 생각하곤 합니다. 고향을 떠나 먼 타국에 와서 향수병을 느끼고 있을 미국인으로 말입니다. 키가 큰지 작은지, 머리가 금발인지 아닌지와 상관없이 미국인이라는 하나의 범주 안에 포함시키는 것입니다. 그 이유는 귀찮아서일 수도 있고 여유가 부족해서일 수도 있습니다.

이는 마치 바코드를 보는 우리의 시각과 유사합니다. 거의 모든 상품의 한구석을 차지하고 있는 바코드는 컴퓨터가 판독할 수 있도록 만들어진 막대 모양의 검고 흰 줄무늬 기호입니다. 마트에 가서 상품을 구매하고 계산대에 줄을 서 있노라면 여기저기서 '삑

삑' 울려 대는 소리가 들려오는데 바코드를 인식하여 상품 정보를 확인하는 것입니다. 바코드는 주로 상품의 포장지에 쓰여 상품 관리를 하는 데 이용되기도 하고 물건에 대한 정보를 컴퓨터에 미리 입력해 물건을 쉽게 구분하기 위한 목적으로 쓰입니다. 보통 흰색 바탕에 검은색으로 나타내며, 막대들의 수와 넓이, 막대 아래의 숫자에 따라 상품을 구분하는데, 바코드에는 나라 이름, 회사 이름, 상품 이름, 가격 등의 정보가 들어 있습니다. 이러한 바코드는 1948년 미국 필라델피아의 드렉셀 기술대학에 다니던 버나드 실버가 연구를 시작했는데, 1949년 특허를 출원하고 1952년 10월에 미국 특허를 획득했습니다.

오랜 역사를 지녔고 우리 삶의 구석구석에 자리하고 있는 바코드를 유심히 관찰하고 바코드 각각의 차이에 대해 깊이 있게 생각해 본 사람이 과연 몇 명이나 될까요? 관련 업종에 종사하거나 관심이 있는 사람들이 아닌 이상 검은색 줄과 숫자로 만들어진 그냥 '바코드'일 뿐입니다. 막대의 수, 간격, 숫자 등은 전혀 관심의 대상이 아닌 것입니다. 바코드는 상품이나 물건을 구분하기 위한 목적으로 세상에 태어났지만, 정작 바코드 자신은 '키가 큰 바코드', '얼굴이 까만 바코드' 등으로 구분 지어지지 않고 그냥 '바코드' 그 자체로 인식되고 있습니다.

섣부른 판단

색의 구분과 바코드를 언급한 이유는 섣부른 판단(Rash judgment)에 대해 이야기하기 위해서입니다. 우리는 매 순간순간 판단하고 선택하고 결정을 하며 살아갑니다. '오늘 점심 메뉴는 무엇으로 할까?', '어떤 TV 프로그램을 볼까?'와 같이 사소한 것에서부터 '어떤 대학에 지원할까?', '이 사람과 결혼을 해야 하나?'처럼 인생을 좌지우지할 만한 결정에 이르기까지 늘 선택 속에서 살아갑니다. 삶은 어쩌면 우리에게 매일매일 선택과 결정을 강요하고 있는지도 모르겠습니다. 선택과 결정의 강요는 멱살만 잡지 않았을 뿐 주위에서 늘 으르렁거리며 우리를 재촉하고 있습니다. 앞서 언급했던 텅 빈 하얀 캔버스를 다시 한 번 떠올려 보세요. 캔버스에 무엇을 그려 넣어야 할지, 어떤 구도로 그림을 그릴지 등에 관한 것도 선택과 결정의 영역입니다.

여러분은 명확한 기준이나 근거에 따라 선택이나 결정을 하시나요? 매 순간 우리 곁에서 함께하는 선택의 결과에 만족하시나요? 메튜 E. 메이는『브레인게임에서 승리하라』에서 '빠른 생각'과 '느린 생각'으로 이에 대해 설명하고 있습니다.

당신은 긴 하루를 끝내고 푹신한 소파에 파묻혀서 TV를 보기로 한다. 자동적으로 리모트 컨트롤을 집어 TV에 대고 전원 버튼을 누른다. 그런데 TV가 켜지지 않는다. 어떻게 하겠는가?

당신이 나와 같다면, 전원 버튼을 계속 누를 것이다. 다른 각도로 리모트 컨트롤을 움직여 보기도 하고 센서를 옷소매로 닦아 보기도 하면서 전원 버튼을 계속 누를 것이다. 이것은 빠른 생각이 이미 알고 있는 해결 방안을 동원한 것이다. 빠른 생각은 다음에 무엇을 해야 하는지 알고 있다. 배터리를 점검해야 한다. 당신은 배터리를 교체하는 것이 아니라 돌려 본다. 왜냐면 소파에서 몸을 일으켜 주방으로 간 뒤 있을지 없을지 모르는 AAA 배터리를 찾아 공구 서랍을 뒤지기 위해서는 느린 생각이 어느 정도 작동해야 하고 생각만 해도 너무 귀찮기 때문이다.

하지만 배터리를 이리저리 돌려 보아도 소용없자 결국 당신은 배터리를 교체하고 만다. 그리고 처음부터 다시 시작한다. TV 화면을 가리키며 전원 버튼을 누른다. 그런데도 TV는 켜지지 않는다.

이제야 느린 생각이 본격적으로 작동하기 시작한다. 알고 있는 모든 해결 방안이 고갈되어 깊이 생각해야만 하는 상황이 되었기 때문이다. 깊은 생각은 대부분 질문으로 시작한다.

'왜 TV가 켜지지 않는 걸까?'

빠른 생각은 우리가 일상적인 문제를 해결하는 데 필요한 순간적이고 자동적인 반응, 즉 무의식적 또는 본능적 사고를 말한다. 이에 반해 느린 생각은 우리가 더 복잡하고 생경한 문제를 해결하는 데 필요한 생각, 즉 노력이 많이 드는 의식적 또는 이성적 사고를 말한다.

빠른 생각은 우리가 편리하고 효율적으로 일상생활을 유지하게 하며, 특히 익숙한 상황과 반복적인 문제를 만날 때 별다른 노력 없이 매우 효과적으로 기능한다. 하지만 빠른 생각은 실수를 유발한다. 이때는 느린 생각의 도움이 필요하다. 깊이 생각하는 느린 생각은 실수를 막아 주고 우리가 곤란을 겪지 않도록 지켜 준다. 문제는 느린 생각이 게으르다는 데 있다.

– 메튜 E. 메이, 『브레인게임에서 승리하라』(시그마북스, 2017)

누구나 한 번쯤은 경험해 봤을 만한 일입니다. 힘들게 일하고 돌아와 TV를 보며 하루를 여유롭게 마무리하고 싶어 하지만 막상 리모컨이 작동하지 않을 때 그 이유를 찾으려 '빠른 생각'을 섭사리 판단 근거로 삼습니다. 하지만 '메튜 E. 메이'의 말처럼 '빠른 생각'은 실수를 유발하거나 적절치 못한 경우가 많습니다. 그제야 비로소 '느린 생각'으로까지 사고를 확장하게 됩니다.

선택이나 결정도 마찬가지입니다. 선택이나 결정을 해야 하는 순간에 우리는 주변 상황이나 기존의 경험 등 쉽게 기준이나 근거로 삼을 만한 것들을 활용하여 판단을 하게 됩니다. 일종의 판단 기준을 설정하는 것입니다.

자신감이라는 이름으로 포장된 오만

그럼 왜 판단 착오가 일어날까요?

정보나 공부가 부족했거나 잘못된 믿음, 생각, 착각, 오해, 계산 착오 때문으로 엉터리 판단은 좋은 결과를 가져오지 못하게 됩니다. 동전을 던져서 결정하는 것과는 차원이 다릅니다. 착각이나 오해는 잘못된 정보를 입수해서 생기기 때문에 결과가 나쁜 것은 어쩌면 당연합니다. 이래서는 우리가 원하는 해결책에 도달할 수 없습니다. 그리고 정보를 많이 갖고 있고 경험이나 경력이 풍부하더라도 눈앞에 안개가 끼어 있으면 판단 착오를 피할 수 없습니다. 판단 착오, 그것도 치명적인 판단 착오를 일으키는 원인은 자신감이라는 이름으로 포장된 오만이 아닐까요. 무서움과 겸허함을 갖고 있으면 자신만만한 태도 속에서도 신중함을 잃지 않을 수 있습니다.

판단이 어려운 까닭은 그것이 정답인지 아닌지를 시간이 흐른 다음에야 알게 되기 때문입니다. 상황 밖의 사람들이나 평론가들은 외부에서 바라보기 때문에 마음 편하게 말할 수 있지만 정작 당사자는 끊임없이 비난을 감수해야 합니다. 더욱이 사람을 판단하는 데 신중을 기해야 함은 말할 것도 없습니다. 비난이 문제가 아니라 섣부른 판단은 스스로를 한없이 부끄럽게 만들기도 하기 때문입니다.

어느 음식점에서 영업을 시작하려고 아침 일찍부터 문을 열었습니다. 그때 10살 정도로 보이는 꼬마 아이와 앞을 보지 못하는 중년의 남성이 조심스레 문을 열고 들어왔습니다. 음식점 주인은 행색만 보고 밥을 얻어먹으러 왔을 거라 여기고 아직 영업 개시를 하지 않았으니 다음에 오라고 했습니다. 그러나 그 여자아이는 아무 말도 하지 않고 앞 못 보는 어른 손을 이끌고 음식점 중앙에 자리를 잡고 앉았습니다.

"아저씨, 오늘이 우리 아빠 생신인데요. 빨리 먹고 갈게요, 죄송해요."

그제야 주인은 얻어먹으러 온 사람은 아니라고 판단했지만, 옷차림을 비롯한 행색이나 차림이 영 편치 않았습니다. 할 수 없이 주문한 국밥 두 그릇을 가져다주고는 그들의 모습을 물끄러미 바라봤습니다.

"아빠, 국그릇에 소금을 넣어 줄게."

아이는 이렇게 말하더니, 소금과 자기 국그릇에 있는 고기를 앞 못 보는 아빠의 그릇에 가득히 담아 주었습니다.

그러더니 "아빠, 됐어. 어서 먹어"라고 했습니다.

그 광경을 지켜보던 주인은 조금 전 했던 행동이 너무 부끄러워 고개를 제대로 들 수 없었습니다.

– 네이버 블로그, 〈판단의 기준〉에서

우리는 어떤 기준으로 사람을 판단하고 있을까요? 이미 판단을 내려놓고 사람을 대하지는 않았을까요? 음식점 주인은 꼬마 아이와 아빠의 허름한 옷차림과 남루한 행색을 근거로 그들이 '밥을 얻어먹으러 온 사람'이라는 판단을 내려놓고 그들을 내치려 했던 것입니다. 겉으로 드러나는 정보를 바탕으로 '빠른 생각'이 본능적으로 작동한 것입니다. 꼬마 아이의 속사정이나 앞 못 보는 아빠의 국그릇에 고기를 옮겨 담는 아이의 행동은 판단할 때 고려 대상이 아니었습니다. 이러한 섣부른 판단은 상당한 위험성을 내포하고 있습니다. 기준이 명확하지 않은 판단은 섣부른 결정을 부르게 되고, 섣부른 결정은 결국 상처를 비롯한 다양한 형태로 자신에게 화살이 되어 돌아옵니다.

구반문촉(毆槃捫燭).

'구반문촉'은 '장님이 쟁반을 두드리고 초를 어루만져 본 것만 가지고 둥글고 뜨거운 태양을 논했다'는 의미로 '어떤 것을 섣불리 판단해 잘못 알게 된다'에 비유됩니다. 즉, 여러 장님이 코끼리를 어루만져 그 모습을 섣불리 말하는 것과 유사한 의미입니다. '빠른 생각'에 대한 경계를 드러내고 있습니다.

"앞쪽에 앉으신 분들은 학창 시절에
공부 잘하셨던 분들 맞죠?"

학교에 근무하다 보니 종종 의무적으로 참석해야 하는 강연이 있습니다. 연구부장 업무를 맡았을 때, '학교 혁신'과 관련된 주제의 강연이 교육청에서 열린다고 하여 참석한 적이 있었습니다. 여러분은 강연을 들으러 갔거나 회의에 참석했을 때 앞쪽 자리에 앉는 것을 선호하시나요? 아니면 뒤쪽 자리에 앉는 것을 선호하시나요? 유료냐 무료냐에 따라 차이는 있겠으나 많은 사람들이 뒷자리를 선호합니다. 저 역시 마찬가지입니다. 당시 강연장은 400여 명이 충분히 들어가고도 남을 만큼 넓었고, 강연 시작에 앞서 참석자들이 하나둘 모이기 시작했습니다. 강연 참석 대상자는 200명 정도로 강연장은 200여 석 정도의 여유 좌석이 있었습니다. 일찍 도착해 뒤쪽에서 가까운 자리에 앉아 있노라니 강연회나 연찬회 등에서 빠지지 않고 나오는 안내 멘트가 강연장에 울려 퍼졌습니다.

"앞쪽에 자리가 비어 있으니 앞쪽부터 채워 앉아 주시기 바랍니다."

안내 멘트에 따라 어쩔 수 없이 앞쪽으로 이동하는 사람이 더러 있는가 하면 끝까지 자신의 자리를 고수하는 사람도 있었습니다. 저는 자리를 고수하는 편인데, 저와 비슷한 사람들이 많았습니다. 사회자의 안내 멘트가 여러 번 울려 퍼졌는데도 앞으로 이동하는 사람은 그렇게 많지 않았습니다. 결국 강의실 앞쪽은 이빨이 빠진 듯 군데군데 자리가 비어 한산함마저 느껴졌고, 뒤쪽은 자리가 부족할 만큼 빽빽하게 채워졌습니다. 자리에 앉아 강연장에 들어오는 사람들을 보고 있자니 문득 강연장에 들어서자마자 앞쪽 자리로 향하는 사람은 어떤 사람일까 궁금해졌습니다. 저절로 뒤쪽에 앉은 사람과 비교하게 되었지요. 저 또한 뒤쪽 자리에 앉아 있음에도 불구하고, 앞쪽에 앉은 사람은 자발적으로 참석해 열심히 들을 준비가 되어 있고, 뒤쪽에 앉은 사람은 오기 싫었지만 어쩔 수 없이 떠밀려 참석한 것이 아닐까 하는 생각이 들었습니다. 강연을 시작하기 위해 강연대에 선 강사가 저만의 구분 짓기 놀이에 가세했습니다.

"앞쪽에 앉으신 분들은 학창 시절에 공부 잘하셨던 분들 맞죠?"

자리 하나만으로 참석자의 자발성을 판단하고 심지어 학창 시절에 공부를 열심히 했느냐까지 판단하는 게 부적절하다는 데는 누구나 동의할 것입니다. 하지만 우리는 살아가는 과정에서 이러한 부적절함을 너무나 흔하게 범하고 있습니다.

　10대들과의 수업을 한번 들여다보겠습니다. 수업을 열심히 준비한 교사가 수업 시작종과 함께 교실에 들어가 아이들을 바라볼 때, 교실 맨 뒷자리에 앉아 있는 아이를 어떤 시선으로 바라볼까요? 지정좌석제로 아이들을 앉히는 경우는 다르겠지만 교실을 이동해서 수업을 듣거나, 자리를 자유롭게 앉도록 하는 수업의 경우, 11년간의 교직 경험으로 비추어 보건대 그다지 고운 시선은 아닐 것입니다. 교사의 곱지 않은 시선은 그 아이가 어떤 잘못된 행동을 해서 생긴 것이 아니라 단순히 뒷자리에 앉았기 때문에 생겨났다는 것이 문제입니다. 즉, 교사들은 교실 뒷자리에 앉은 아이를 수업 참여도가 낮다고 판단하거나, 수업 시간에 졸거나 앉아 있는 자세가 바르지 않은 아이를 수업의 분위기를 흐리거나, 맥을 끊어 놓는다는 이유로 수업의 적으로 간주하는 경향이 있습니다. 좌석의 위치, 수업에 참여하는 태도 등을 기준으로 섣불리 판단하는 것입니다. 이러한 교사의 성급한 판단은 질책과 무관심으로 이어지고, 학생들이 수업에 적극적으로 참여할 수 있는 기회가 멀어지게 만들기도 합니다.

　교사는 수업에 참여하는 태도를 기준으로 내린 자신의 판단이 틀리지 않았음을 동료 교사를 통해 인정받고 싶어 합니다. 사람들은 보통 자신의 판단이나 결정이 틀리지 않았음을 인정받고 싶어 하는 욕구가 있다고 합니다. 자신의 생각에 동조해 줄 만한 동료 교사를 찾아가 '저 아이는 선생님이 보시기에도 그러시죠?'라고 물어보곤 합니다. 그 질문을 통해 자신의 생각이 틀리지 않았음을 확인하고 싶은 것이고, '저 아이는 분명 다루기 힘든 아이일 거야'라는 생각에 상대방이 동조해 주길 바라는 심리가 깔려 있는 것입니다. 우리 뇌는 생각대로 말하기도 하지만 말하는 대로 생각하는 경향도 함께 있는데, 이미 한번 말한 바를 되돌리기 싫어 생각을 바꾸어 버리는 경우가 생기곤 합니다. 게다가 이러한 상황이 반복되다 보면 판단은 확신이 되어 고정 관념을 만들게 됩니다.

기다림이 곧 결정이다

우리는 10대를 어떻게 대하고 있을까요? 아이들 각자의 개성을 존중하기보다 이미 정해진 고정관념으로 그들을 판단해 버리지는 않았을지 생각해 봐야 합니다. 어른들이 10대를 판단하는 기준의 밑바탕에는 '10대는 어리다'라는 인식이 자리 잡고 있습니다. 물론 어리기에 경험이 부족하고 미숙할 수도 있지만, 과연 10대들만 부족할까요? 그리고 어른들이 정해 놓은 판단 기준이나 결정 사항들이 항상 옳은 것일까요? 오히려 삶의 굴레에 얽매이지 않고, 자신들만의 관점으로 세상을 내다보는 10대들의 사고가 참신하고 더 큰 의미를 내포하고 있을지도 모릅니다. 그런데도 우리는 '어리다'를 중요한 판단 근거로 삼다 보니 10대들의 판단이나 결정을 쉽게 받아들이거나 용납하려 하지 않습니다. 미숙하다고만 보는 것입니다. 미숙하면 어떻게 해야 할까요? 미숙함에 대해 스스로 책임을 지고 성숙함으로 바꿔 나갈 수 있는 시간을 줘야 합니다. 과연 우리는 기다려 주고 있을까요? 아닙니다. 오히려 하지 말아야 할 것들을 정해 두고 다양한 방식으로 아이들에게 제약을 가합니다. 마치 정해 놓은 것들을 지키지 않으면 큰일이 일어날 것처럼 말입니다.

앞서 10대는 매일이 새로움이고 처음이라 서툴고 미숙할 수 있음을 이야기했지요. 판단이나 결정을 할 때 당연히 미숙할 수밖에 없습니다. 10대는 어쩌면 섣부른 판단과 서툰 결정이 필요한 시기인지도 모릅니다. 자신의 삶을 스스로 결정해 가는 과정 그 자체를 배우고, 결정에 따른 책임감을 배워 가는 것이 아닐까요? 어른들의 일방적인 결정에 대한 강요와 요구는 10대들에게 오히려 결정을 두려워하게 만들고, 심지어 거부하는 지경에까지 이르게 할 수 있습니다.

사람들은 늘 말해 왔습니다. 청소년기에 꼭 해야 할 것 중 하나가 확고한 꿈을 정하는 것이라고 말입니다. 확고한 꿈을 가지는 것이 인생을 살아가는 데 큰 힘이 될 수 있다는 이유에서입니다. 청소년 관련 명언이나 책에 빠지지 않고 등장하는 것도 꿈에 관한 이야기입니다. 성공한 사람들의 스토리는 청소년들에게 동기 유발이 될 수 있고 방향성을 제시해 줄 수 있기 때문에 저 또한 여기에 동의합니다. 문제는 꿈을 정하지 못했거나, 꿈을 정하는 데 어려움을 겪는 아이들에게 꿈을 가지라며 결정을 강요하는 것입니다.

제가 근무하는 용정중학교에서는 확고한 꿈을 가질 것을 늘 강조하고 있습니다. 청소년기의 학생들에게 꿈은 삶을 지탱해 주는 버팀목이자 거친 바다에서 방향성을 잃지 않게 해 주는 등대와 같은 존재가 될 수 있으니까요. 그래서 용정중학교에서는 학생들이 스스로 꿈을 설정하고 계획을 세워 꿈을 가꾸어 갈 수 있도록 다양한 프로그램을 운영하고 있습니다.

해마다 학기 초에는 부모님과 대화를 통해 꿈에 대해 깊이 고민할 수 있는 기회를 주고자 '꿈 카드'를 작성하도록 합니다. 또 1년의 계획을 세우고 학기별로 실천 여부를 확인하는 '학업계획서 작성', 30년 후의 자신의 미래를 구체적으로 그려 보며 실천 의지를 다지는 '미래이력서 작성', 지금껏 살아온 삶을 돌아보고 의미를 찾는 '자서전 쓰기' 등 꿈을 생생하게 그려 보고 구체화할 수 있도록 다양한 프로그램을 '꿈 실현 프로그램'의 일환으로 운영하고 있습니다. 하루, 일주일, 한 달 단위로 생활계획을 구체적으로 작성하고 멘토 교사와 이를 공유하고 실천 여부를 피드백 받는 '주간생활계획 작성'도 빼놓을 수 없는 용정중학교만의 '꿈 실현 프로그램'입니다.

이 모두가 꿈을 구체화하는 데 소중한 프로그램들입니다. 다른 학교의 선생님들이 학교를 방문하거나 각종 행사를 할 때 학교에서 자랑스럽게 선보일 수 있는 것이 바로 '꿈 실현 프로그램'입니다.

용정중학교에서는 '꿈 실현 프로그램'의 모든 결과물을 한데 모아 '꿈 함'에 담아 언제든 자신의 발자취를 확인할 수 있도록 학교 역사관에 보관하고 있습니다. 졸업생들이 언제든 학교를 방문하면 들춰 볼 수 있도록 말입니다. 그래서 자신의 '꿈 실현 프로그램' 결과물을 입시나 회사 취직에 활용하기 위해 복사해 가는 졸업생도 있습니다.

이 모든 프로그램 운영에서 전제되어야 하는 것이 '꿈에 대한 결정'입니다. 꿈을 정하지 않은 상태에서 진행되는 프로그램은 무모함이나 비현실성으로 채워질 가능성이 높기 때문입니다. 실제로 30년 후의 나의 모습을 그려 보는 '미래이력서 작성' 시간에 아이들이 작성한 내용을 살펴보면, 3조 원의 재산을 모은다거나 연예인과 결혼해 자식을 11명 정도 낳아서 축구 클럽을 만든다는 등의 허무맹랑한 내용이 포함된 경우도 있습니다. 단순히 빈 종이를 채우기 위해 실현 가능성이 낮은 내용을 써 내려가는 것은 꿈을 확고히 하는 데 별 도움이 되지 않는 것 같습니다.

'꿈을 정하면 되지 않느냐?'라고 반문하는 사람도 있겠지요. 하지만 자신에 대한 이해가 부족하거나, 스스로에 대한 판단이 결핍된 상태에서의 결정은 섣부름을 낳고 올바른 방향성을 가진다고 보기 어렵습니다.

주말에 집에 다녀온 한 학생이 씩씩거리며 찾아온 적이 있는데, '부모님과 함께 작성하는 꿈 카드'를 쓰다가 부모님과 언쟁이 높아졌던 모양입니다.

"선생님, 저는 아직 제가 무엇을 좋아하고 무엇을 잘하는지 정확히 알지 못하겠어요. 저에 대한 판단이 서지 않았는데 어떻게 꿈을 정하는 것이 가능해요? 그런데 부모님은 자꾸 꿈을 결정하라고 저를 재촉하세요."

이렇게 호소하는 학생을 "너에 대해 생각하는 시간을 가져 보면 어떨까?"라는 말로 애써 달래 돌려보내기는 했지만, 그 학생의 어려움이 고스란히 느껴졌습니다.

스스로에 대한 이해와 판단이 서 있지 않은 그 학생에게 꿈을 정하라고 하는 것은 무척이나 힘든 일이었을 것입니다. 스스로를 돌아볼 시간이 필요하고, 자신을 알아 가는 과정이 반드시 필요한데, 왜 우리는 기다리지 못하고 재촉하기만 할까요? 빠른 시일 내에 꿈을 정하고 그 꿈을 구체화하길 요구하기만 할까요? 섣부른 판단은 신중한 결정을 방해하고 잘못된 결정을 유도하기도 하는데 말입니다.

선택과 결정이 쉽지 않다는 데는 누구나 동의하실 겁니다. 선택이나 결정은 그에 따르는 책임을 요구하는 경우가 많기 때문에 책임에 대한 부담감이 선택이나 결정을 방해하기도 합니다. 저녁 식사 메뉴를 정하거나 주말에 가족과 함께 나들이 장소를 정할 때도 어려움을 겪고, 심지어 결정하는 과정에서 갈등을 겪기도 합니다. 때때로 결정은 했지만 상대방의 기호나 선호도를 고려하지 않았을 경우에는 비난이 뒤따르기도 합니다. 그래서 사람들은 '아무거나' 또는 '아무데나'라는 말을 좋아합니다. 저 역시 이 말을 종종 사용하는데, 선택이나 결정이 어려울 때 결정권을 남에게 미룸으로써 곤란한 상황을 벗어나려는 것입니다. '아무거나' 또는 '아무데나'라는 말은 '어떤 것이든 괜찮아'라는 의미도 포함하고 있지만, 선택의 순간이나 결정을 해야 하는 상황에서는 '나는 결정하기 어려우니 당신이 결정해'라는 의미로 유용하게 쓰이는 것입니다.

꿈을 정하고 미래를 그려 보는 일에 '아무거나'라는 말을 갖다 붙일 수는 없습니다. 그 말이 의미 없이 사용되지 않도록 기다려 줘야 합니다. 10대 시절에 꿈이 정해지지 않은 것은 당연한 것이고, 30대가 되고 40대가 되어도 언제든지 바뀔 수 있는 것이 꿈입니다. 정말로 원한다면 간절히 그 꿈을 꾸게 되고 언젠가는 그 꿈을 이루게 될 것입니다. 간절히 원하는 것이 생길 때까지 그 결정을 기다려 주고 어떤 선택이건 그에 대한 책임을 지도록 해야 합니다.

저 역시 중고등학교 시절 꿈을 정하는 것이 쉽지 않았습니다. 남들이 좋다고 말하는 직업을 기웃거리는 수준이었습니다. 또 그 당시에는 꿈의 의미를 '추구하고 지향하는 방향이나 가치'가 아닌 '어떤 직업을 갖느냐'로 해석해 단지 미래에 어떤 직업을 가질 것인지에만 관심을 가졌습니다. 그래서 그 당시 저의 해석대로 정한 꿈은 '의사'라는 직업을 갖는 것이었습니다. 선택의 이유는 단지 멋있어 보였고 주위에서 좋다고 했기 때문입니다. '꿈'이라는 의미를 직업으로만 한정해 본다면 저는 수백 번 꿈이 바뀌었습니다. '검사'를 비롯해 오락실 주인, 컴퓨터 프로그램 개발자, 디자이

너, 군인 등 대학에서 관련 학과를 다니고 있을 때에도 저의 꿈은 늘 변했습니다. 교사 생활을 하고 있는 지금도 과연 저의 꿈이 무엇일까 고민하지만 결정된 것은 없습니다.

교사가 된 지금도 저의 꿈은 진행형입니다. 새로운 꿈을 향해 지속적으로 나아가고 있고 다음 단계로 나아갈 수 있는 원동력을 얻기 위해 나름의 계획을 세워 현재도 하나하나 실행해 나가고 있습니다. 지금 당장 필요한 것은 선택이나 결정이 아니라 현재를 회피하지 않고 자신의 일에 책임을 지는 것입니다. 대략 30년간의 고민 끝에 교사의 길을 택한 저의 결정에 후회가 끼어들 틈이 없도록 지금의 자리에서 최선을 다하는 것입니다. 제가 스스로 선택한 길이기 때문입니다.

"부녀회장 규자 씨, 뭐 하세요?"

앞서 '구반문촉(毆繫捫燭)'에 대해 이야기했는데, 이는 10대들을 바라보는 시선에만 적용되지는 않습니다. 선생님들을 바라보는 아이들의 시선도 '빠른 생각'에 지배당할 때가 많습니다. 학창 시절 선생님을 부르던 별명들이 그 대표적인 예일 것입니다.

여러분은 학창 시절 어떤 별명으로 불렸나요? 그리고 선생님들을 어떤 별명으로 부르셨나요? 누구나 한두 개의 별명이 있기 마련입니다. 별명은 스스로 원해서가 아니라 자라는 과정에서 한 동네의 소꿉친구나 학교의 친구들로부터 얻게 되는 애칭이지요. 그러니 어른이 된 뒤에라도 문득 어린 시절의 친구로부터 별명을 듣게 되면 허물없는 동심에 젖어들게 됩니다. 별명은 보통 우연한 계기에 생기는데, 어딘가 그 사람의 특징이 될 만한 부분을 꼬집어 나타내기 때문에 부르는 사람이나 불리는 당사자 모두에게서 쉽게 잊혀 버리지 않습니다. 대부분 외형이나 성격의 일면을 꼬집어 나타내는 것으로 짐승의 이름이나 비속어들이 자주 쓰이곤 합니다. 외형의 유사성에 근거를 둔 것으로 돼지, 말코, 작대기, 왕눈이, 깜둥이, 꺽다리, 발바리, 땅개, 미남, 망태기, 너구리, 아구, 영감 등과 같은 것이 있는데, 직감적이긴 하나 별명으로 정착하려면 신기한 일치감을 수반해야 하는 것입니다.

별명이란 무한한 창작력의 발동이요, 장난기 있는 애정의 발로입니다. 그러므로 10대들을 상대로 하는 교사들에게나 이웃에 사는 엄한 노인에게는 언제나 별명이 따라다니기 마련입니다.[1]

아이들은 선생님들의 특징적인 요소를 잡아 나름의 별명을 붙입니다. 학생을 지도하는 방식이니 학생을 대하는 태도 등을 고려해 별명을 붙이는데 학창 시절 한 번쯤은 들어 봤을 법한 '독사, 미친개, 이사도라' 등이 그런 것들입니다. 저에게 붙여진 별명은 '규자 씨'입니다. 그것도 '부녀회장 규자 씨'입니다. 별명을 얻게 된 이후 아이들은 저만 보면 "부녀회장 규자 씨, 뭐 하세요?"라면서 다가오곤 합니다.

이런 별명을 얻게 된 배경을 간단히 말씀드려 볼까요. 제가 1학년 2반 부담임을 하던 시절에 여러 가지 학급 일로 힘들어하는 담

1_ 네이버 지식백과 별명[別名] (한국민족문화대백과, 한국학중앙연구원).

임선생님께 힘을 드리고자 반 아이들과 합심해 이벤트를 계획했습니다. 교실 베란다에 아이들의 실내화를 올려놓고 창문 밖으로 내려다보이는 곳에 아이들이 누워 하트 모양을 만드는 것이었습니다. 칠판에는 '아이들은 내가 데려가겠습니다.-부녀회장 조규자'라고 써 놓았습니다. 종례 시간에 교실에 들어온 담임선생님은 당황스러웠겠지만, 힘들어하시는 담임선생님을 향한 사랑의 마음을 전하려는 아이들의 마음이 담긴 이벤트였습니다. '부녀회장'이라는 호칭을 사용한 것은 얼마 전 학교를 방문한 인근 마을의 부녀회장님이 저와 닮았다는 이유에서였습니다. 다른 이유는 없었습니다.

그 이후로 저는 지금껏 '부녀회장'으로 불리고 있습니다. 처음에는 그 별명이 듣기 거북했고 마냥 싫었습니다. 남자에게 부녀회장은 어울리지 않는다고 생각했기 때문입니다. 사전에서 찾아본 "부녀회장"이라는 말은 '부녀를 회원으로 하여 입주자의 복지 증진 및 지역사회 발전 등을 목적으로 설립된 단체인 부녀회의 가장 높은 사람"을 의미했습니다. 하지만 저의 머릿속에는 '부녀회장'은 동네 이 집 저 집 돌아다니며, 집안의 대소사를 다 챙기는 수다쟁이 아줌마의 이미지가 깊이 박혀 있었습니다. 제가 참견하고 간섭하기 좋아하는 모습으로 아이들에게 비칠까 봐 그 별명이 싫었는지도 모르겠습니다.

그런데 어느 순간 별명인 부녀회장처럼 행동하는 저를 발견하게 되었습니다. 아이들을 마주칠 때면 표정 하나하나를 살피게 되고, 표정이 어두운 아이에겐 쉬는 시간에 찾아가 이야기를 나누기도 하고, 지나가는 아이들마다 붙잡고 슬며시 장난을 건네는 등 제가 생각했던 부녀회장의 이미지와 상당 부분 맞닿아 있었습니다.

부녀회장이라는 별명은 단지 외모가 닮았다는 이유로 붙여진 섣부른 판단에 해당합니다. 저의 사람 됨됨이, 성향, 가치관 등은 고려 대상이 아니었지만 이 섣부른 판단은 저를 변화시켰습니다. 그것도 긍정적으로 말이죠.

지금 '별명이 필요하다고 말하고 있는 건가요?'라고 반문할 수도 있을 텐데, 아닙니다. 별명을 예로 들었을 뿐 성급한 판단의 위험성에 대해 말하고자 하는 것입니다.

일반적으로 별명은 외형적인 특징이나 성격의 일면을 꼬집어 직감적으로 만들어지는 경우가 많다고 말씀드렸습니다. 그렇다 보니 별명의 당사자는 애달아 하고 그렇게 불리는 데 동의하지 않는 경우가 다반사입니다. 특정 일면만을 가지고 만들어지는 경우가 많기 때문입니다. 다양한 면을 볼 기회를 앗아가고 전염병처럼 퍼져 나가 고정화된 생각을 만들기도 합니다. 그리고 당사자마저 그 별명을 받아들이도록 요구하고, 어느새 내켜 하지 않으면서도 그 별명에 따라 자신도 모르게 행동하게 되는 것입니다.

자세히 보아야 예쁘다

우리네 교사를 판단하는 시선의 기저에는 '선생님'이라는 직업의 특성이 자리 잡고 있습니다. 아이들을 가르치는 일이다 보니 누구보다 모범적이어야 하고 흐트러짐이 없어야 한다는 판단 기준이 있는 것입니다. 문제는 이 판단 기준 적용이 일관적이지 않다는 것입니다.

'선생님인데….'
'선생님 주제에….'

상반되는 의미를 지닌 이 두 문장은 교직 생활을 하는 동안 가장 듣고 싶지 않은 말들입니다. 교사는 늘 평가의 대상이 됩니다. 학교와 교육청 차원의 교원능력개발평가, 학교 경영 평가 등 주기적으로 이루어지고 있는 공식적인 평가 외에도 매 수업시간마다 평가받고 있습니다. 교사의 참모습은 몇 가지로 정리된 평가 기준에 따라 보이는 것이 아닙니다. 평가 기준이 아닌 있는 그대로의 모습을 바라봐 줄 때 그들의 진짜 모습이 서서히 수면 위로 보이는 것임에도 불구하고 일괄적인 평가의 잣대를 들이대고 있습니다. 물론 교사로서 갖추어야 할 기본 소양이나 전문성 등은 있어야겠지만, 그것만으로 좋은 교사, 부족한 교사라고 단정 지을 수는 없습니다. 교사는 평가받아야 하는 위치에 놓여 있기에 숙명으로 받아들여야 하겠지만, 제 존재 자체에 회의감을 느끼기도 합니다. '내가 이러려고 선생님을 했나?'라는 자괴감이 들 때도 있습니다.

판단하고 평가하는 것까지는 좋지만, 기준이 흐트러짐이 없어야 하고 상황에 따라 흔들리지 않는 올곧은 평가가 이루어져야 합니다. 그러기 위해선 자세히 오래도록 보아야 합니다. 그래야 비로소 우리는 알아 가게 되는 것입니다. 그냥 알아서는 안 됩니다. 깊이 알아 가는 과정이 반드시 필요합니다.

자세히 보아야 예쁘다.
너도 그렇다.

나태주 시인의 「풀꽃」이라는 시를 한 번쯤은 보셨을 겁니다. 짧막하지만 대상을 대하고 판단하는 우리의 시각을 돌아보게 해 줍니다. 사람을 대함에는 더욱 그렇습니다. 예쁜지 안 예쁜지를 알려면 자세히 보아야 한다는 것입니다. 그 후에 판단해도 늦지 않습니다.

제가 근무하는 용정중학교에서는 올해로 3년째 '아이 눈으로 수업 보기'라는 연수를 진행하고 있습니다. 학습 태도나 생활 방식 등이 궁금한 학생을 '벼리 아이'로 선정하여 그 학생이 하는 수업에서의 행동, 생활 습관 등에 관해 이야기를 나누는 방식으로 진행됩니다. 좀 더 구체적으로 살펴보면 수업하시는 선생님이 벼리 아이를 선정하게 되면, 나머지 선생님들은 수업에 참관하여 벼리 아이로 선정된 학생의 모든 행동이나 표정, 말 등을 빠짐없이 노트에 기록합니다. 기록한 자료를 바탕으로 벼리 아이의 특징적인 행동을 찾고, 왜 그런 행동을 했는지, 그 행동이 학생에게 어떤 의미가 있는지를 학생의 관점에서 찾아가는 과정입니다.

기존에 자리 잡고 있는 교사의 선입관과 고정관념을 내려놓고 아이의 시선으로 수업을 바라보자는 의도에서 시작되었는데, 고정관념을 내려놓기 위한 첫 단추가 벼리 아이로 선정된 학생의 행동 하나하나를 낱낱이 기록하는 것입니다. 반복되거나 특징적으로 드러나는 행동이 벼리 아이에겐 의미가 있을 것이고, 그 의미를 교사들의 생각이 아닌, 수업 참관자가 기록한 자료를 바탕으로 찾아가게 됩니다. 수업이 끝나면 별도의 대화 시간을 마련하여 벼리 아이에게 도움이 될 만한 지도 방안에 대해 논의가 이루어집니다.

연수에 참여하는 선생님들 모두 학생을 이해할 수 있는 소중한 기회라고 말하곤 합니다. 기존에 생각했던 것과는 달리 몰랐던 벼리 아이의 속사정이나 관심사, 가정사 등에 대해 알아 가게 되고, 그 앓은 아이를 보는 눈을 조금씩 변화시키기 때문입니다.

가끔은 교사도 교사의 입장에서 바라봐 줬으면 좋겠다는 말들이 동료 교사들 사이에서 나오곤 합니다. 다른 사람의 기준에 의한 판단이나 평가가 아닌, 있는 그대로 바라봐 주는 것은 교사들에게도 꼭 필요한 일입니다.

위대한 결정이란 존재하지 않는다

판단, 선택, 결정 다 중요합니다. 그런데 어떤 판단이나 결정은 늘 후회를 동반하는 것 같습니다. 너무 신중하거나 반대로 너무 대충해도 후회는 늘 따라옵니다. 그러다가 기존의 경험이나 지식을 바탕으로 내린 판단이 틀려서 또 후회하고, 타인의 조언을 듣고 결정했다가 후회하고, 어쩌면 판단과 결정의 다른 이름은 후회인지도 모르겠습니다.

후회를 멀리 따돌리기 어렵다면 우리의 기준으로 이루어진 판단이나 결정을 강요하지 말고 당사자에게 맡겨 주어야 합니다. 그들 삶의 주체는 '그들' 자신입니다. 위대한 판단이나 결정은 존재하지 않습니다. 다만 그에 대한 책임이 뒤따를 뿐입니다. 앞서 언급한 것처럼 결정은 늘 책임을 동반합니다. 누구나 결정을 할 순 있지만 누구나 그 뒤에 따르는 책임을 질 수 있는 것은 아닙니다.

위대한 결정은 존재하지 않는다고 생각합니다. 저는 위대한 결정에 대해 이야기할 때 흔히 '루비콘강을 건넌 카이사르'를 떠올리곤 합니다. 카이사르가 태어났을 무렵 로마는 극심한 정치적 혼란을 겪고 있었습니다. 귀족들이 원로원과 집정관 등 공화정 내 권력을 독점하며 대농장을 운영한 탓에 평민과 귀족 간의 빈부 격차가 너무 커졌기 때문입니다. 이에 농지 개혁을 주장하는 민중파와 개혁에 반대하는 귀족파가 격렬한 대립을 보였고, 이는 민중파 마리우스와 귀족파 술라 간의 내전으로 이어졌습니다. 내전에서 승리한 술라는 무자비한 숙청으로 공포정치를 펼쳤는데, 카이사르는 이 시기에 유년 시절을 보냈습니다. 카이사르는 명석한 두뇌와 뛰어난 친화력으로 맡는 관직마다 탁월한 성과를 보이며 대정치가로서의 기반을 쌓아 갔습니다. 승진을 거듭한 카이사르는 히스파니아(오늘날 스페인)의 총독을 마치고 로마로 돌아온 뒤 집정관이 되기 위해 당대 최고의 장군 폼페이우스를 찾아갔습니다. 당시 폼페이우스는 그의 병사들에게 토지를 나눠 주는 문제로 원로원과 갈등을 빚고 있었는데, 이를 간파한 카이사르는 "내가 집정관이 되면 당신의 부하들에게 농지를 나누어 줄 테니 집정관에 선출될 수 있게 도와 달라"고 제안했습니다.

폼페이우스가 이를 승낙하자 카이사르는 로마 최고의 부자였던 크라수스도 끌어들여 집정관이 되는 데 성공합니다. 이후 로마의 정치는 카이사르와 폼페이우스, 크라수스 세 사람의 동맹에 의해 좌지우지됩니다.

집정관으로 뛰어난 업적을 남긴 카이사르는 갈리아 지방(오늘날 프랑스)의 총독으로 부임한 이후 8년간 탁월한 군사적 재능으로 갈리아인과 게르만족을 제압해 로마 영토를 갈리아 전역으로 넓혔습니다. 그 결과 카이사르는 막강한 정치적·경제적 영향력을 얻었고 로마 시민들 사이에서 인기도 한층 더 높아졌습니다.

하지만 카이사르는 곧 중대한 위기에 빠지게 됩니다. 갈리아 원정에 나선 사이 크라수스가 파르티아 전쟁 중 사망했고, 농지 개혁에 적극적인 카이사르를 못마땅하게 여긴 원로원 보수파 귀족들이 폼페이우스를 끌어들이면서 삼두 정치가 무너졌기 때문입니다. 폼페이우스를 등에 업은 원로원은 갈리아 원정을 마친 카이사르에게 "군대를 해산하고 로마에 돌아오라"는 명령을 내립니다. 카이사르가 무장을 해제하고 로마에 들어오면 여러 가지 죄목을 씌워 제거할 심산이었던 것입니다. 이를 간파한 카이사르가 귀국을 미루자 원로원은 폼페이우스에게 카이사르를 격파하라고 요구하게 됩니다.

자신의 군대를 이끌고 로마로 향하던 카이사르는 갈리아와 로마 본국의 경계인 루비콘 강변에 도착했습니다. 당시 로마의 법은 장군이 군대를 이끌고 루비콘강을 건너지 못하도록 했습니다. 이를 어기면 반역죄로 간주했습니다.

잠시 고민한 카이사르는 부하들에게 "주사위는 던져졌다"며 루비콘강을 건널 것을 명령합니다.

강을 건너는 순간 카이사르는 쿠데타에 성공해 권력을 잡거나 반역죄로 죽음을 당하는 두 가지 운명 중 하나를 피할 수 없는 상황이었습니다. 카이사르가 예상보다 빨리 루비콘강을 건너 로마로 진격하자 당황한 폼페이우스와 원로원 귀족들은 이탈리아 밖으로 도망쳤습니다. 폼페이우스는 반격을 노렸지만 카이사르는 히스파니아와 그리스에서 폼페이우스의 군대를 물리치고 종신 독재관이 되었습니다. 명실상부 로마의 1인자가 된 것이죠. 하지만 그의 1인 통치는 '카이사르가 왕이 되려 한다'는 의심을 키웠고, 이 의심은 화살이 되어 카이사르에게 날아왔습니다. 기원전 44년 원로원 회의장으로 들어서던 카이사르는 양아들 브루투스와 공화정을 옹호하는 귀족들이 휘두른 칼에 숨을 거두었습니다. 죽기 전 양아들을 본 카이사르는 "브루투스 너마저"라는 유명한 말을 남기고 비극적이 결말을 맞이하게 됩니다.

카이사르의 등장과 죽음은 더 이상 로마가 공화정으로는 지탱될 수 없다는 걸 의미했지요. 450여 년간 이어진 로마 공화정은 무너졌고 로마는 제국으로 재탄생했습니다. 그 발단은 카이사르가 루비콘강을 건넌 순간이었습니다.[2]

선택의 순간은 누구에게나 찾아옵니다. 매일 매일이 선택의 연속이기 때문입니다. 카이사르의 이야기가 로마를 재탄생하게 했을 수는 있지만 정작 카이사르 본인의 결말은 아름다워 보이지 않

2_ 김승호(인천포스코고 역사 교과 교사), 『조선일보』(2017. 3. 2).

습니다. 우리가 카이사르 이야기를 통해 기억해야 할 것은 결정의 결과가 아니라 결정 과정입니다. 그 과정에서 수없이 고민했을 카이사르를 기억해야 합니다. 그만큼 결정은 어려운 것이며, 그에 따른 책임을 요구받게 됩니다. 만약 카이사르가 루비콘강을 건너지 않았더라면 위대한 결정이라고 칭송받지는 못했을지라도 비극적인 결말을 맞이하지 않았을 수도 있습니다. 결정에 따른 책임이라고 하기엔 그 무게가 무척이나 무거워 보입니다. 하지만 그의 결정을 존중합니다. 자신의 인생을 걸고 내린 결정이었고 그에 따른 책임을 충분히 받아들였으니까 말입니다.

내 인생의 내가 기억하는
첫 결정은 무엇이었을까
그 결정이 무엇이었을지
너무나 궁금한 요즘
결정 참 이놈
때론 친구 같기도 하고
원수 같기도 하고
어찌 됐든 죽는 순간까지
함께할 이 녀석
고민이 많은 깊은 밤에도
떨어지는 별을 주워 웃어도
내 머릿속의 얼음들을

해에 걸어 보내기로 꼭 약속해요

힘든 결정이었어
수없이 많은 고뇌와 번뇌
며칠 밤낮을 괴로워했네
무슨 결정이든 내가 내린 결정
사랑해서 헤어진다는 설정
말로만 들었었어

– 중략 –

인생은 B와 D 사이의 C라는 얘기
Birth와 Death 사이에
자리 잡은 Choice
매 순간이 결정과 선택의 순간이야
하루 한나절 한 시간
그리고 한순간
늘 옳은 결정을 내린 건 아니었네
늘 좋은 결과만 있었냐고? No No!
내가 내린 결정이라
나는 다시 움직이고 또 움직인다
난 죽지 않았으니까 Uh!

고민이 많은 깊은 밤에도
떨어지는 별을 주워 웃어도
내 머릿속의 얼음들을
해에 걸어 보내기로 꼭 약속해요

솔직해지고 싶어 후회하긴 싫어
내 인생의 주인은 나여야 하니까
지나왔던 내가 내린 결정들
지금의 내가 있게 만들어 준 큰 결정들
무의미한 판단으로 흐트러진 결정들
그래서 마냥 흘러 지나갔었던
아쉬운 것들
하루에도 몇 번 몇십 번 몇백 번씩
나를 괴롭히는 변수의 방정식
앞으로는 또 어떤 결정을 내리고
미래의 내가 어떤 모습으로
그려지게 될지 OH!

못난 모습 화난 모습
이쁜 모습 멋진 모습
내 결정의 모든 모습들
죽을 만큼 힘들어도 결정해 놓고

가만히만 있으면 더 우스워지잖아
죽이 되든 밥이 되든 불은 지펴야지
그래야 뜸도 들고 뚜껑도 열어 보지

내 인생의 뚜껑은 아직 닫혀 있어
하지만 곧 내 인생은
맛있게 익을 거야 보글!

– 형돈이와 대준이, 〈결정(feat. 아이유)〉

'형돈이와 대준이'의 노래 일부분입니다. 결정에 대한 부담감, 결정 과정에서의 고민들, 결정을 대하는 태도 등 삶과 분리할 수 없는 결정의 참모습에 대해 이야기하고 있습니다.

'형돈이와 대준이'에서 대준이에 해당하는 데프콘이 말했습니다.

"저의 5집은 정말 열심히 만든 앨범이고 진짜 명반이라고 생각했습니다. 그런데 그렇게나 열심히 만든 5집이 망했습니다. 희망이 안 보여서 음악을 완전히 접으려던 찰나에 가벼운 마음으로 만든 '형돈이와 대준이'의 '결정'이 의외로 떴습니다. 허무하고 허무했습니다"라고 말입니다.

그는 이렇게 덧붙였지요.

"인생은 모르는 것 같아요. 하지만 시장의 결과는 존중해야 합니다. 제게 음악을 할 수 있는 시간을 주었다고 생각하기로 했습니다."

자기 세계가 뚜렷하고, 또 그것으로 어느 정도 인정까지 받았던 사람에게는 참 쉽지 않은 이야기였을 텐데, 받아들이고 인정하는 모습이 참으로 인상적이었습니다. 데프콘의 말에서 저는 기다림과 받아들임의 소중함을 읽습니다. 많은 것을 요구하거나 선택에 대한 강요가 아닌 그냥 그들을 기다리고 인정해 주는 것이 필요하다는 것을 말입니다.

태어나 성장하는 과정에서 가장 많이 듣는 말 중 하나는 "사랑해"가 아니라 "하지 마"입니다. 태어나서 상당 시간 부모님의 보호와 보살핌이 필요해서일 수 있지만, '하지 마'라는 말은 아이들이 걷게 되고 학교를 들어가게 되도 끊이지 않고 반복됩니다. 그 결과 아이들이 안전하게 자랄 수는 있겠지만 스스로 무언가를 결정할 수 있는 기회는 박탈당하게 됩니다. 아이들을 독립된 한 인격체가 아닌, 소유물인 양 대할 때가 있습니다. 그러나 아이들은 독립된 한 인격체입니다. 그러니 어른들의 주관대로 아이들을 무조건 끌고 가려고 하면 결코 안 됩니다. 적절한 경계선을 정해 주고, 그 안에서 자유롭게 자신의 욕구를 표현할 줄 아는 사람으로 자라게 해 주는 것이 우리 어른들의 몫입니다. 우리가 그들의 삶을 결정지으려 하지 마십시오. 우리의 판단이 그들의 판단 기준이 되어서는 안 된다는 것을 잊어서도 안 됩니다. 그러다 보면 생각지도 못하게 마음을 얻을 수도 있고, 훌륭한 결정을 그들 스스로 내리게 되는 것이 아닐까요?

우리 인생의 뚜껑은 아직 열리지 않았습니다. 그 뚜껑을 애써 열려고 하지 마십시오. 스스로 온도를 조절하고 적당한 온도가 되었을 때 뚜껑은 자연스럽게 열려 알차게 영글어 있는 속내를 보여 줄 것입니다.

3장

너의 하늘을 보아

무지개는 늘 바로 위에 떠 있다

우리는 아이들이 잘못된 행동을 했을 때 '너 커서 뭐가 될래?'라는 말로 아이들을 다그치곤 합니다. 그 꾸지람을 들은 아이들이 무슨 생각을 할까요? 과연 의도했던 대로 자신의 행동을 반성하고 뉘우칠까요? 어른들은 아이들의 행동을 교정하려는 의도에서 하는 말이겠지만, 의도와는 달리 아이들의 반감만 키우는 것은 아닐까요? 질문 자체가 잘못되었을지도 모릅니다. 아직 배워 가는 단계이고 무엇이든 할 수 있는 잠재력을 지닌 아이들이 그 질문에 답을 못하는 것은 어쩌면 당연한 것입니다. 커서 뭐가 될지 어떻게 알겠습니까? 당장 앞에 일어날 일도 알 수가 없는데 몇 년 혹은 몇십 년 후에 일어날 일을 안다는 건 거짓말입니다. 아이들에게 결정된 것은 아무것도 없으니까요. 그러니 앞서 언급했듯이 꿈을 정한다는 말은 맞지 않는 말일 것입니다. 스스로에 대해 생각해 보고, 가장 하고 싶고 잘할 수 있는 일에 대해 생각해 보는 단계로서 꿈에 관해 얘기를 나누는 것이지, 꿈을 정하기에는 아직 정보도 경험도 턱없이 부족합니다.

'꿈' 하면 무엇이 떠오르시나요?

사람들은 보통 미래를 꿈꾸거나 꿈에 대해 이야기할 때 아름다운 무지개를 떠올리곤 합니다. 일곱 빛깔의 아름다운 무지개가 꿈을 이루었을 때의 희열의 감정과 닮아서가 아닐까요? 성공했을 때의 모습을 그리며 무지개라는 꿈을 찾아 길을 떠나게 됩니다. 하지만 무지개를 향해 걸어가도 막상 어느 곳에서도 그토록 바라던 무지개를 만나기는 어렵습니다.

시간이 흘러 뒤를 돌아볼 여유가 생겼을 때 알게 되는 것 같습니다. 정작 우리가 서 있었던 그곳이 바로 무지개의 시작점이었다는 사실을 말입니다. 시작점에 서 있어서 무지개가 보이지 않았던 것입니다. 결국 우리가 찾던 무지개는 먼 곳에 있지 않고 바로 우리 가까이에 늘 존재해 왔던 것을 뒤늦게야 알게 되는 것입니다. 꿈은 멀리 있지 않습니다. 꿈이 시작되고 만들어지는 과정이라서 아직 보지 못한 것일 수 있습니다. 우리는 무지개의 시작점에 서 있는 아이들이 각자의 무지개를 만들어 갈 수 있도록 따뜻한 햇볕이 되어 주어야 합니다.

들길에 서서

신석정

푸른 산이 흰 구름을 지니고 살 듯
내 머리 위에는 항상 푸른 하늘이 있다

하늘을 향하고 산림처럼 두 팔을 드러낼 수 있는 것이
얼마나 숭고한 일이냐

두 다리는 비록 연약하지만 젊은 산맥으로 삼고
부절히 움직인다는 둥근 지구를 밟았거니…

푸른 산처럼 든든하게 지구를 디디고
사는 것은 얼마나 기쁜 일이냐

뼈에 저리도록 생활은 슬퍼도 좋다
저문 들길에 서서 푸른 별을 바라보자

푸른 별을 바라보는 것은 하늘 아래 사는 거룩한 나의 일과
이거니…

– 시집 『내 인생에 힘이 되어준 시』(북카라반, 2016)

이 시는 저문 들길에 서서 '나'의 생활을 돌아보며, 삶에 대한 밝고 건강한 의지를 내비치고 있습니다. 먼 곳에 위치한 하늘만 바라보지만, 정작 푸른 하늘은 늘 우리 머리 위에 떠 있었고, 그런 하늘을 바라보며 희망을 노래하고 미래를 내다볼 수 있는 것만으로도 충분히 감사할 일입니다. 우리 앞에 놓인 커다란 삶의 무게가 우리를 짓누르고, 마치 세상에 혼자 남겨진 것처럼 현실이 암울하게 느껴지더라도, 푸른 하늘이 늘 함께하기 때문에 바라볼 수 있습니다. 하지만 푸른 하늘을 수놓는 아름다운 무지개는 우리가 서 있는 그곳에 언제나 존재해 왔지만, 우리는 하늘 위로 길게 뻗어 나간 무지개만을 좇아 헤매었던 것입니다. 왜 바로 위에 있는 무지개를 보지 못하고 먼 곳만을 바라봤던 것일까요? 그건 바로, 무지개의 기준을 자신이 아닌 남의 기준으로 설정했기 때문입니다.

학기 초에 대부분의 학교에서 학생들을 대상으로 희망하는 고등학교나 대학교를 조사합니다. 진로 진학 지도에 참고하기 위해서입니다. 조사 결과를 살펴보면 대다수의 학교에서 유사한 점이 발견됩니다. 1학년의 경우 많은 학생들이 널리 알려진 유명 고등학교나 대학교를 희망하지만, 시간이 흘러 학년이 올라갈수록 희망하는 고등학교나 대학교의 인지도는 낮아지는 경향을 보인다는 것입니다. 무엇이 아이들의 희망 진로에 변화를 준 것일까요?

1학년 아이들에게 무지개는 일곱 색깔로만 인식되었던 것은 아닐까요? 남들이 선호하고 인정하는 학교만 눈에 들어왔던 것입니다. 자신의 위치나 진정 원하는 가치에 대해서는 정확히 인지하지 못한 채 남들에 의해 진로를 결정하는 경향이 있습니다. 하지만 무지개는 '빨주노초파남보'의 일곱 가지 색으로만 이루어진 것은 결코 아닙니다. 인위적으로 구분지어 놓은 일곱 색깔의 경계에는 수많은 색들이 존재하는데, 우리는 일곱 가지 색으로만 무지개를 구분 지으려 합니다. 우리는 보이지만 외면해 버린 수많은 색들을 바라봐야 합니다. 그러기 위해서는 기다림의 시간이 필요합니다. 시간이 흐르고 학년이 높아질수록 무지개의 나머지 색들이 보이기 시작하는 것입니다.

혹자는 이것을 '꿈이 작아진다'라고 말할지도 모릅니다. 그럴 때일수록 '꿈이 작아진다'는 말의 의미를 다시 되새겨 보아야겠지요. 꿈은 작아질 수 없습니다. 작아진다는 것은 타인의 기준점으로 판단한 것이지, 당사자의 기준에서는 꿈이 작아지는 것이 아니라 구체화되는 것입니다. 자기 자신에 대한 이해를 바탕으로 스스로 진정 원하는 바가 무엇인지에 좀 더 다가가는 것입니다. 무지개의 일곱 색깔에 대한 단순한 동경이 아닌 자신만의 지점과 색깔을 찾아가는 것입니다.

농부가 되고 싶은 아이

제가 근무하고 있는 학교에서 학기 초에 전교생을 대상으로 희망 직업을 조사했습니다. 일반적으로 사람들이 선호하는 '의사', '검사', 'CEO' 등의 직업을 많은 학생들이 적었습니다. 희망하는 이유를 물었더니 각양각색의 답이 나왔는데, 대다수가 자신에 대해 충분히 이해하고 답했다고 보긴 어려웠습니다. '좋아 보이니까', '남들이 좋다고 하니까'라고 직설적으로 말하진 않았지만 밑바탕에는 그 생각이 자리 잡고 있었습니다.

그런데 남들과 다른 몇몇 학생의 희망 직업과 희망 이유가 눈에 띄었습니다. 한 학생은 '농부'가 되고 싶다고 하였고, 또 다른 학생은 '스포츠 매니지먼트'가 되고 싶다고 하였습니다. 이유가 궁금해졌습니다. 두 학생의 대답은 간단하면서도 명료했습니다. "저는 저를 잘 아는데 저에게 가장 잘 맞는 직업인 것 같아요",

"방학 기간 동안 그 일을 체험해 보았는데 제 성격과 잘 맞는 것 같아요"라고 말입니다. 아이들은 스스로에 대해 알아 가는 단계에 있기 때문에 잘 안다는 것은 섣부른 판단처럼 보일 수 있지만, 중요한 것은 희망 직업을 정할 때 자신을 판단 근거로 삼았다는 것입니다. 남이 아닌 자기 자신을 바라보고 그에 맞는 직업을 희망한다는 것이 다른 아이들과 달랐습니다. 남의 머리 위에 떠 있는 먼 곳의 무지개를 바라본 것이 아니라 자신에게서부터 시작되는 무지개를 그려 나가고 있었던 것입니다. 두 아이들처럼 자신을 알아 가고 그 과정에서 남들과는 다른 색깔의 무지개를 그려 나가는 아이들이 많아져야만 세상의 밀도가 높아지는 것 아닐까요?

앞서 언급한 것처럼 자신만의 무지개를 그리기 위해서는 기다림의 시간이 필요합니다. 그 과정에서 겪게 되는 다양한 경험은 무지개를 더 다채롭게 그릴 수 있는 힘이 됩니다. 하지만 그 과정이 쉬울 리 없습니다. 지쳐 쓰러질 만큼 큰 어려움이 닥칠 수도 있고 포기하고 주저앉고 싶은 마음이 하루에도 몇 번씩 들 때도 있을 것입니다.

『파이 이야기』(원제: Life of Pi)라는 책은 아직 어리디어린 열여섯의 소년 '파이'가 사랑하는 가족을 잃고 자신을 위협하는 사나운 벵골 호랑이와 함께 구명보트 위에서 표류하며 느끼는 절망과 희망의 감정에 관한 내용을 담고 있습니다. 경험해 보지 못한 낯선 곳에서의 삶에 대한 기대감으로 가득 차 있던 파이는 가족을 모두 잃고 겨우 살아남게 됩니다. 살아남기는 했으나 상황은 녹록지 않았지요. 사나운 뱅골 호랑이가 자신을 잡아먹기 위해 으르렁거렸고, 파이는 생존을 위해 뱅골 호랑이와 공존을 해야만 하는 상황에 놓이게 됩니다. 누구나 절망을 먼저 생각할 만한 상황이지만 파이는 가장 절망적이고 외로운 순간에 희망을 찾게 됩니다.

나는 태평양 한가운데 고아가 되어 홀로 떠 있었다.

앞에는 커다란 호랑이, 밑에는 상어가 다니고, 폭풍우가 쏟아졌다.

호랑이보다 태평양이 더 두려웠다.

절망은 호랑이보다 훨씬 무서운 것이 아닌가.

『파이 이야기』에 나오는 한 구절입니다. '파이'의 상황은 현실에서 존재하기 힘든 상황 설정이지만 우리가 실제로 마주하게 되는 현실은 어쩌면 이보다 더 혹독하고 가혹하게 느껴질 수 있습니다. 절망의 끝에서 희망을 발견한 '파이'처럼 절망과 희망은 늘 공존하고 있습니다. 힘들고 지치고 혹독한 시련이 찾아왔을 때 "너의 하늘을 보라"고 말해 주십시오. 남의 하늘이 아닌 자기만의 하늘을 바라볼 때 위안을 얻게 되고 흔들리지 않을 수 있기 때문입니다.

네가 자꾸 쓰러지는 것은
네가 꼭 이룰 것이 있기 때문이야
네가 지금 길을 잃어버린 것은
네가 가야만 할 길이 있기 때문이야

네가 다시 울며 가는 것은
네가 꽃피워 낼 것이 있기 때문이야
힘들고 앞이 안 보일 때는
너의 하늘을 보아

네가 하늘처럼 생각하는
너를 하늘처럼 바라보는

너무 힘들어 눈물이 흐를 때는
가만히
네 마음의 가장 깊은 곳에 닿는
너의 하늘을 보아

– 시집 『시인수첩(겨울)』(문학수첩, 2011)

한 편의 시에 마음이 움직이는 것은 흔들린 마음을 위로받고 싶어서일 것입니다. 힘들 때, '내가 왜?'라는 생각에 끝도 없이 축축 처져 있는 아이들에게 저는 이 시를 자주 읽어 주곤 합니다.

"살아가며 모든 힘든 것에는 이유가 있는 법입니다. 그럼에도 불구하고 힘들고 앞이 안 보일 때는 '너의 하늘'을 보는 것입니다. 내가 하늘을 바라보는 것은 내 마음 가장 깊은 곳에 가닿아 있는 희망과 꿈과 진실을 만나는 일입니다. 삶의 시련과 고난에 흔들리지 말고 내면을 고요히 응시하며 진실과 희망을 바라보는 것입니다."

「너의 하늘을 보아」에 대한 문상금 시인의 감상평입니다. 하늘을 올려다본다는 것의 의미를 충분히 담고 있습니다. 하늘은 볼 때마다 늘 그 느낌이 다릅니다. 그것은 하늘이 내비치는 색과 구름과의 조화가 매번 다르기 때문이기도 하겠지만 그보다는 바라볼 당시의 마음 상태의 영향이 가장 크기 때문이겠지요. 때로는 감정에 기대어 추억에 젖기도 하고, 누군가에 대한 그리움의 마음을 하늘 가장자리에 풀어 놓기도 합니다. 하지만 무엇보다도 파란 하늘은 삶과 인생을 돌아보게 하는 것 같습니다. 하늘이 보여주는 다양한 풍경만큼이나 다양한 우리네 삶을 반추해 보기도 하고, 어지러웠던 생각을 하늘을 올려다보며 정리하기도 합니다. 어린 시절부터 늘 곁에 있어 주었고, 넓은 가슴으로 우리를 안아 준 하늘은 삶의 위안이자 든든함입니다. 그런 하늘을 고요히 응시할 수 있는 것만으로도 우리는 삶을 버틸 수 있는 힘을 얻게 됩니다. 넓은 시각으로 하늘을 바라볼 수 있게 내몰지 않는 것이 중요합니다. 재촉과 강요는 초조함을 낳고 이는 멀리 넓게 볼 수 있는 힘을 잃게 만듭니다. 또한 점점 고개를 숙이게 되고, 주위를 둘러보지 못하게 되는 것입니다.

하늘에는 주인이 없다

저희 형 이야기를 할까 합니다. 형은 중학교 시절 키도 작고 내성적이었으며 성적도 하위권이었습니다. 일반계 고등학교로 진학하기를 원했지만 결국은 상업고등학교로 진학하게 됩니다. 본인의 희망에 의한 선택이 아닌, 가고 싶었던 일반계 고등학교를 모두 떨어져 어쩔 수 없이 선택한 길이었습니다. 스스로에 대한 실망과 주변의 부정적인 시선으로 인해 좌절감에 사로잡혀 있던 형에게 아버지가 해 주셨던 말이 기억납니다. 아마 그때 아버지의 말씀이 지금의 형을 있게 하지 않았나 싶습니다.

"하늘에는 주인이 없다. 작은 하늘을 잃게 되었다고 전혀 실망할 필요 없다. 너 자신을 보고 더 넓은 하늘을 그려 봐라."

울림이 있는 아버지의 말씀은 형의 마음가짐을 변화시켰습니다. 스스로를 보기 위해 익숙하지 않은 회계 원리나 사무 관리 등의 교과목에도 관심을 갖게 되었고, 당시의 계산기라 할 수 있는 주판도 열심히 두었습니다. 두려움이 컸을 것이고 미래에 대한 불확실성으로 인해 불안했을 테지만 자신을 알아 가는 과정이라는 생각으로 학교생활을 해 나갔습니다. 그러다 보니 성적은 수직상승을 하게 되었고 학교에서도 인정을 받게 되었습니다. 하지만 세상은 그렇게 호락호락하지 않았습니다. 고등학교에서의 성적은 1등이었지만, 당시 상업고등학교에 대한 인지도나 평판으로 인해 쉽게 대학 진학을 하지 못했습니다. 여러 방면으로 알아봤지만 선뜻 입학을 허락하는 학교가 나타나지 않았고, 결국에는 또 한 번의 좌절을 맛보며 지방의 전문대학에 진학하게 되었습니다. 하지만 고등학교 재학 시절 유통 분야에 관심이 생겼고, 더 공부해 보고 싶다는 생각에 공익근무요원으로 근무하는 동안 저녁 시간을 이용해 유통 관련 업종에서 아르바이트를 하게 됩니다. 그것이 인연이 되어 지금은 누구나 들어가길 원하는 전자회사에서 지점장으로 일하고 있습니다. 고등학교와 대학 진학 이후에도 많은 실패의 순간이 찾아왔지만 그 쓰디쓴 경험들을 큰 자산으로 삼았고, 아버지의 말씀대로 형은 자신의 하늘을 그려 나갔던 것입니다.

저의 20대 시절을 잠깐 돌아보면 저 역시 평탄한 삶을 살았던 것은 아닙니다. 점수에 맞춰서 입학한 약학과는 적성에 맞지 않는다는 이유로 한 학기 만에 그만두었고, 서울의 유명 대학에 합격

했지만 가고 싶었던 과도 아닌데 서울까지 유학을 가야 하나 하는 마음에 입학을 포기하기도 했습니다. 다시 수능 시험을 봐서 들어간 해군사관학교에서는 힘든 2년을 버텼지만 군인으로 평생을 살아가야 한다는 부담감으로 인해 또다시 그만두게 됩니다. 당시 IMF로 인해 국가적으로 경제난을 겪었던 즈음이라 학비도 무료이고 진로도 확실히 정해져 있는 사관학교 합격은 누구나 부러워할 만한 소식이었습니다. 또한 작은 산골마을에서 사관학교에 들어간 아들은 부모님께도 큰 자랑이었는데 학교를 그만둔다고 하니 부모님의 실망감은 매우 컸습니다.

부모님께 죄송한 마음에 한동안 집을 멀리하고 아르바이트에 매달려 지냈습니다. 편의점과 음식점 아르바이트를 비롯해 매형을 따라 조선소에서 용접을 하기도 하고 신문 배달을 하는 등 닥치는 대로 일했습니다. 그러다 다시 대학을 가기 위해 알아보니 이미 원서 접수 기간이 지나 버렸고, 과거의 수능 시험 점수만으로도 진학이 가능한 산업디자인과에 입학하게 됩니다. 지금껏 한 번도 다뤄 보지 않았던 포토샵, 일러스트 등의 프로그램을 다루는 것은 생각처럼 쉽지 않았지만 아이디어를 서로 모아 공익광고를 만들어 공모전에 출품하는 것에서 재미를 조금씩 알아 가게 되었습니다.

저는 지금 약사도, 군인도, 디자이너도 아닌 아이들을 가르치는 일을 하고 있습니다. 저의 이런 이력을 보고 누군가 말했습니다. 꿈이 확고하지 않아서 방황의 시기를 겪은 것이라고 말입니다. 맞습니다. 저에겐 확고한 꿈이 없었습니다. 하지만 꿈이 없었기에 다양한 경험이 가능했고, 그 경험들로 인해 지금 제가 정말 하고 싶은 것이 무엇인지 알게 되었습니다. 그리고 그 과정에서 저의 사고는 확장되었고 넓게 볼 수 있는 안목이 생겼습니다.

괜찮으니까 한번 해 봐

'꿈이 크다' 혹은 '꿈이 작다'는 말에 신경 쓸 필요는 없습니다. 꿈의 크기는 누가 판단해 주는 것이 아니라 스스로가 정하는 것이기 때문입니다. 그리고 꿈이 없다고 핀잔을 줄 필요도 없습니다. 꿈은 언제든 생길 수 있고, 확고하다고 믿었던 꿈도 언제든 변할 수 있습니다. 오히려 꿈이 시야를 좁게 만들고 다양한 생각을 방해하는 요인이 될 수도 있습니다. '청소년 남양주 영화제작 꿈의 학교'는 전문 영화인들이 지역에 있는 좋은 시설과 전문 영화 인력을 활용해 보자는 취지로 만든 학교입니다. 학교를 지원해 주는 기반이 튼튼하다 보니 총 56명을 모집하는 학교에 지원자가 90여 명이나 몰려와 어쩔 수 없이 면접 시험을 쳐서 입학생을 뽑아야 했다고 합니다. 하지만 입학생을 뽑을 때 영화에 대한 꿈의 크기나 하고자 하는 의지 같은 일반적인 요소가 합격 기준은 아니었습니다.

"영화배우나 감독이 되려는 꿈을 가지고 있는 아이보다, 뭘 해야 할지 아직 결정하지 못한 아이를 먼저 뽑았습니다. 또 왕따 등의 이유로 학교를 포기했거나 학교가 도저히 적성에 맞지 않아서 거부한 아이도 특별 선출했고요. 이 아이들 정말 잘합니다. 독특한 시각을 가지고 있고, 창의력도 남다릅니다. 학교 밖 아이나 꿈을 찾지 못한 아이를 우선 선발한 까닭은 '단 한 명의 아이도 포기하지 않는다'는 꿈의 학교 기본 정신을 철저히 지키기 위함입니다."

　　– 「아이들 '꿈 깨는 게' 목표, 이런 학교도 있습니다」(오마이뉴스, 2015)

　확고한 꿈을 가지는 것은 삶에 동기 부여가 될 수 있고, 힘을 내게 하는 원동력이 될 수도 있습니다. 그런데 '영화제작 꿈의 학교' 교장 선생님은 꿈을 가지라고 강요하지도 재촉하지도 않습니다. 꿈을 결정할 것에 대한 재촉이나 강요가 역으로 꿈을 작아지게 한다고 믿고 있는 것입니다. 역으로 창의력과 독특함이 빛나기 위해서는 꿈을 깨라고 이야기합니다.

　"영화를 만들면서 '영화는 노가다'라는 사실을 알게 될 것입니다. 그 순간 영화에 대한 환상이 깨질 테고, 자신이 하고 싶은 게 진정 무엇인지 구체적으로 생각하게 될 겁니다. 또 절대 혼자만 잘해서는 만들 수 없다는 사실도 알게 될 테고요. 자연히 공동체 의식이 길러지는 거죠. 상상력이 왜 필요한지도 알게 될 것이고…. 그러면서 자기 적성도 발견하게 되겠죠."

우리가 해야 할 일은 꿈을 가질 것을 요구하는 것이 아닌 아이들 스스로 자신을 알아 갈 수 있는 기회를 제공하는 것입니다. 자신을 이해하려면 충분한 정보와 경험이 필요하기 때문입니다. 그리고 두려움 없이 도전할 용기를 주어야 합니다. 도전할 때만이 자신을 더 이해하고 알아 가게 되는 것입니다. 먼발치에서 그 도전을 응원해 줄 때 앞으로 더 나아갈 수 있는 힘이 생기게 됩니다. 그러면 꿈은 어느새 자연스럽게 옆자리에 서 있지 않을까요? 다그치고 못하게 하고 잘라 버릴 것이 아니라 바라봐 주고 '괜찮으니까 한번 해 봐'라는 말로 격려해 주는 것이 무엇보다 필요합니다. 그러기 위해선 아이들의 시각에서 바라보는 것이 중요합니다.

고단한 비상에 보내는 갈채

어릴 적 한 번쯤은 읽어 봤을 『시튼의 동물기』에는 '어미를 잃은 곰 이야기'가 나옵니다. 새끼 곰이 혼자 숲속에서 늑대인지, 여우인지를 만나 위협을 받게 되는데, 그때 새끼 곰에게 그 동물은 굉장히 거대하게 느껴집니다. 새끼 곰은 숲속의 삶을 홀로 헤쳐 나가면서 살아가다 수년 전 만났던 그 동물을 다시 만났습니다. 새끼 곰은 앳된 모습을 벗어나 몸집이 굉장히 커져 있었습니다. 상대적으로 예전에 만났던 그 동물이 굉장히 작게 느껴졌고, 그 동물은 큰 곰을 만나자마자 놀라서 혼비백산 도망친다는 내용입니다. 나머지 줄거리는 생각나지 않지만 어린 마음에도 참 인상적인 대목이었습니다.

'내가 커지면 상대는 작아지는구나.'

교사의 위치에 서 있는 지금, 아이들의 입장이 아닌 교사의 입장에서 아이들의 꿈을 평가하거나 판단하는 우를 범하고 있지는 않은지 고민이 필요해 보입니다. 비단 교사뿐만이 아니라 우리 어른들이 아이들의 눈높이에서 그들의 꿈과 추구하는 가치를 바라보아야 합니다. 그들이 결코 작지 않음에도 불구하고 단지 작게만 바라봤던 것은 아닐까요? 아이들의 세상은 울타리나 장벽으로 막혀 있지 않고 무한합니다. 그들만의 무지개를 그리고 날아오를 수 있도록 흔들림 없는 응원이 필요합니다.

조나단 리빙스턴은 단지 먹이를 구하기 위해 하늘을 나는 다른 갈매기와는 달리 비행 그 자체를 사랑하는 갈매기이다. 멋지게 날기를 꿈꾸는 조나단은 진정한 자유와 자아실현을 위해 고단한 비상의 꿈을 꾼다. 조나단의 이러한 행동은 갈매기 사회의 오랜 관습에 저항하는 것으로 여겨져 다른 갈매기들로부터 따돌림을 받게 되고 끝내 그 무리로부터 추방당하게 된다.

동료들의 배척과 자신의 한계에도 좌절하지 않고 끊임없는 자기수련을 통해 완전한 비행술을 터득한 조나단은 마침내 무한한 자유를 느낄 수 있는 초현실적인 공간으로까지 날아올라 꿈을 실현하게 된다. 그러나 조나단은 자기만족에 그치지 않고 동료 갈매기들을 초월의 경지에 도달하는 길로 이끈다.

－『갈매기의 꿈』(Jonathan Livingston Seagull, 두산백과)

리처드 바크의 『갈매기의 꿈』에 등장하는 '조나단 리빙스턴'

은 오랜 관습에서 벗어나지 못한 다른 갈매기로부터 따돌림을 당하고 추방당하기까지 했지만 흔들리지 않는 스스로에 대한 믿음이 있었기 때문에 높게 비상할 수 있었습니다. '조나단 리빙스턴'처럼 관습에 얽매이지 않고 높이 날아올라 비행할 수 있도록 아이들을 믿어 주십시오. 힘들고 어려운 순간은 분명 존재하지만 좌절하지 않고 다시 일어설 수 있는 힘이 되어 줄 것입니다. 아이들은 아직 시작일 뿐입니다. '곧 해낼 수 있다'는 의미를 내포하고 있는 '아직'이라는 말에 희망을 걸어 볼 때입니다.

용정의 꿈 실현 프로그램

용정중학교에서는 '꿈은 이루어진다'는 슬로건을 내걸고, 개교 이래로 꿈 실현 프로그램을 지속적으로 운영해 오고 있습니다. 꿈을 구체적으로 그려 보고, 실천을 위한 세부 계획을 수립하여 꿈 실현 의지를 고취시키고자 함도 있지만, 학생들이 스스로를 바라보고 자아를 이해할 수 있는 기회를 주고자 함이 더 근본적인 목적입니다. 이러한 꿈 실현 프로그램은 '꿈 찾기-꿈 가꾸기-꿈 이루기'의 3단계로 크게 구분되어 운영됩니다.

꿈 찾기

우선 '꿈 찾기' 단계에서는 뜬구름 잡기라 생각할 수 있는 꿈에 대해 학생들이 부모님과 깊이 있는 대화를 통해 서로의 생각을 공

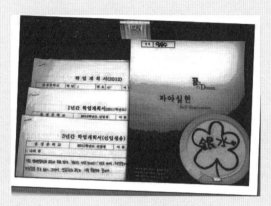

꿈 카드 및 학업계획서

유하고 함께 꿈을 탐색해 가는 기회를 갖도록 유도합니다. 그 활
동의 일환으로 매년 3월 초에 학생들이 부모님과 함께 '진로카드'
를 작성하고 있습니다. '진로카드' 작성 시 학생의 꿈이 정해져 있
느냐의 여부는 중요하지 않습니다. 현재 본인이 꿈이나 진로와 관
련하여 가지고 있는 고민과 생각들을 부모님과 함께 나눌 수 있
고, 현재 본인의 모습과 위치를 점검해 볼 수 있는 기회로 삼고 있
습니다.

30년 후의 미래를 구체적으로 그려 보는 '미래 이력서 작성'도
꿈 탐색을 위한 동기 유발 프로그램입니다. 어떤 모습으로, 어떤
자리에서, 어떤 삶을 살아가고 있을지 막연하게만 생각할 수 있는
30년 후의 모습을 배우자에서부터 직업, 재산에 이르기까지 구체
적이고 생생하게 그려 보는 프로그램입니다. 정해지지 않은 상태

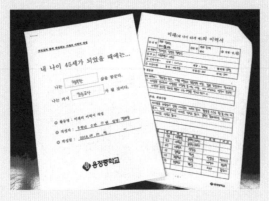

미래 이력서 작성

에서 자유롭게 상상하고 그려 보는 것만으로도 아이들에겐 자신을 돌아볼 수 있는 좋은 기회가 될 것입니다.

꿈 가꾸기

두 번째 단계인 '꿈 가꾸기'는 첫 번째 단계인 '꿈 찾기'에서 구체적으로 그려 본 자신의 꿈을 다듬어 가는 과정이라고 보시면 됩니다. 1단계에서 꿈이 꼭 정해져야만 가능한 것은 아닙니다. 꿈에 대한 깊은 고민과 자아성찰만으로도 충분합니다. '꿈 가꾸기'의 시작은 중학교 3년간의 학교생활에 대한 계획을 세워 보는 '3년간 학업계획서 작성'입니다. 꿈에 대한 다짐을 비롯해 인성, 학업, 건강관리 면 등에 관한 3년간의 계획을 부모님과 함께 초안을 작성

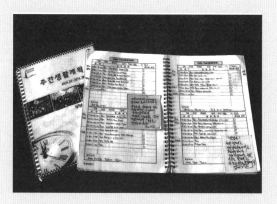

주간생활계획

한 뒤, 담임교사의 지도 조언을 받아 세부적으로 작성합니다. 3년 간의 계획을 바탕으로 목표의식을 발현시키고, 학생 스스로 주도 적인 학교생활을 영위하도록 좀 더 구체적인 1년간의 학업계획서 를 작성하게 됩니다. 작성한 학업계획서는 학기별로 실천 여부를 확인하여 계획을 수정하거나 스스로를 반성하고, 이에 대한 소감 문을 작성하여 전교생 앞에서 발표하고 있습니다.

학업계획서가 1년간의 종합적인 계획이라면, 이를 좀 더 구체 적으로 실천하기 위한 월간 계획, 주간 계획, 일일 계획을 세우는 것이 '주간생활계획'입니다. '주간생활계획'은 매주 금요일 학생 들에게 제공되는 '주간학습안내'를 바탕으로 작성하게 되는데, '주간학습안내'는 다가오는 일주일간 진행되는 수업의 내용과 진 도, 수업 방법, 준비물 등에 관한 안내 자료입니다. 학습 및 생활

플랜 작성 능력 함양을 목적으로 하는 '주간생활계획' 작성은 멘토라 할 수 있는 자매결연 교사의 지도 조언 및 상담 활동을 통해 계획의 실현 가능성 및 실천 여부 등에 관해 지속적으로 피드백이 이루어집니다. 이때 시간을 관리하는 방법 및 일의 우선순위를 정하는 것이 피드백에서 가장 중요하게 다뤄지는 사항입니다. 학기별로 나누어 제작되고 있는 '주간생활계획'은 용정중학교를 졸업한 학생들에게도 지속적으로 보내고 있을 정도로 용정의 대표적인 꿈 실현 프로그램으로 자리 잡았습니다.

'꿈 가꾸기' 단계에서는 계획을 세워 실천하는 것 외에도 학생의 자기 이해를 돕고 진로 탐색의 기회를 제공하고자 '진로 탐색 검사 및 흥미 적성 검사'를 실시하고 있습니다. 그리고 학생 개개인별 선호도를 고려하여 진로 탐색 기관을 선정하고 다양한 직업의 세계를 경험할 수 있도록 하는 '진로직업 체험'을 실시하고 있습니다. 또한 전교생이 방학 기간을 이용하여 부모님과 함께 꿈 관련 멘토를 만나거나 개인별 희망 진로직업 체험을 실시하도록 하여 가정과 연계된 꿈 탐색 활동을 전개하고 있습니다. 또한 자신의 꿈과 관련된 롤 모델을 선정하고, 학생 스스로 인터뷰나 면담을 통해 롤 모델을 직접 만날 수 있는 기회를 제공함으로써 꿈을 향한 의지를 고취시키는 '롤 모델 발표대회'를 매년 12월 무렵에 실시하고 있습니다.

꿈 비석 및 꿈 함

꿈 이루기

꿈 실현 프로그램의 마지막인 '꿈 이루기' 단계에서는 20년 후 미래의 나의 모습을 그려 보고 작성 소감문을 '꿈 단지'에 담아 보관하는 '꿈 단지 봉안식'이 졸업식 당일에 진행됩니다. 3년간의 꿈 실현 프로그램을 마지막으로 정리하는 자리이자 꿈 실현에 대한 의지를 다지고자 진행되는 '꿈 단지 봉안식'은 '꿈 단지'를 정원의 뜰에 묻어 두었다가 20년이 지난 시점에 졸업생 전체가 한자리에 모여 그것을 개봉하는 시간을 갖습니다. 그리고 3년 동안 실시된 '꿈 실현 프로그램'의 모든 결과물을 모아 '꿈 함'에 담아 역사관에 보관하고 있습니다. 학생 개개인별로 1학년 입학 당시에 작성한 '꿈 카드'부터 3학년 졸업 주간에 작성한 '꿈 다짐의 글'까지를 모두 모아 각자의 꿈 함에 담아 시간이 흘러 학교를 찾았을 때 언제든 꺼내 볼 수 있도록 소중하게 관리하고 있습니다.

한 아이의 꿈도 포기하지 않고, 소중히 간직할 수 있도록 응원하겠다는 의지를 담고 있는 꿈 실현 프로그램은 학생 개개인의 소질과 적성을 찾고, 그에 따른 미래상을 정립하는 데 도움을 주고자 앞으로도 지속적으로 운영될 것입니다.

4장

사소함이 소중함으로 다가올 때

반지와 딱새

소중함이란 과연 무엇일까요?

흔하게 쓰이는 말이지만, 대부분은 우리 삶의 과정에서 마주하게 되는 대상 중에서 한정적인 의미로 그 우선순위나 중요성을 지칭하는 말이지요.

소중하다는 것은 제한되고 한정된 대상에 대해 개개인별로 가치와 의미를 부여하는 것인 만큼, 그것을 벗어나는 순간 그 가치나 중요성이 변화하거나 의미가 퇴색된다는 특성이 있습니다. 가령 우리는 건강, 돈, 자산 등을 소중하다고 말하기도 하고, 사람들이 추구하는 가치의 소중함을 말하기도 하며, 인간으로서 갖추어야 할 덕목 등을 말하기도 합니다. 그런데 시간의 흐름이나 상황의 변화에 따라 그것들이 더 이상 소중하지 않게 될 때가 있습니다. 물론 개개인이 느끼는 소중함의 가치도 다 다릅니다.

이른 아침 출근길에 학교 게시판 여기저기 나붙어 있는 전단지가 눈길을 끌었습니다. "반지를 찾습니다. 제게는 너무나 소중한 것입니다…" 간밤에 학교 내에서 분실한 반지를 습득한 사람을 찾는 알림장이었습니다. 학년, 반, 이름, 연락처를 남기면서 후사하겠다는 내용으로 마감을 한 전단지였습니다. 게시판뿐 아니라 건물 기둥과 복도 벽 등에 온통 도배가 되어 있었습니다. 전단지 한쪽을 차지한 사진을 보니 가는 철사로 손수 만든 실반지였습니다. 순간 스치는 시나리오에 웃음이 절로 나왔으나 그 아이에겐 그 어떤 것보다 소중한 것일 수 있겠다는 생각에 아이를 불러 상황 설명을 듣고 함께 찾았습니다. 그 반지의 소중함의 크기는 사람마다 분명 차이가 있었습니다.

또한 나에게 평범해 보이는 것이 누군가에게는 더할 나위 없이 소중한 것일 수 있습니다. 예전에 학급 베란다 구석에 '딱새'가 날아와 둥지를 튼 적이 있었습니다. '딱새'가 자주 드나드는 모습을 보이더니, 어느새 둥지에 알을 낳고 그 알이 부화되어 5마리의 새끼가 태어났습니다. 어미가 먹이를 가지고 올 때마다 새끼들은 재잘재잘 울어 댔고, 아이들은 행운의 징조라며 상당한 관심을 보였습니다. 특히 평소 동물에 관심이 많고 집에서 앵무새를 키우고 있는 여자아이는 '딱새'가 알을 낳은 시점부터 부화될 때까지 틈만 나면 몸을 빼꼼히 내밀고 둥지가 부서지진 않았는지, 새끼들이 무사한지 살펴보았습니다. 그러던 어느 날 집에 새장이 하나 남아 있다며, 새장을 학교로 가지고 왔습니다. '딱새' 새끼가 잘 컸으면

하는 마음에 그랬던 것입니다.

하루를 시작하는 아침, 교실에 들어서는 순간 아이들이 한쪽 구석에 모여 웅성대고 있었습니다. '딱새' 새끼를 새장에서 키우느냐 마느냐에 관해 의견이 분분한 상황이었습니다. '같이 키우자', '내가 먹이를 아침저녁으로 구해 올게'와 같이 새장에서 딱새를 키우자는 아이들이 있는 반면에, '새를 가두어 두는 것은 우리의 욕심이다', '너를 잡아가면 부모님이 얼마나 속상해하실지 생각해 봐. 새도 마찬가지야' 등 둥지를 건드리지 말자는 의견도 만만치 않았습니다.

그 논란을 한 번에 잠재운 한 아이가 있었습니다.

"니들이 새 엄마야? 새 엄마보다 더 잘 키울 자신 있어?"

이 말에 저를 비롯한 주변의 모든 아이들이 토를 달지 못했습니다. 내심 저 역시 새장에서 키우면 좋겠다고 생각하고 있었지만, 딱새의 엄마가 겪을 아픔까지 생각하는 그 아이의 말에 부끄러워졌습니다.

우리가 가둬 두려 했던 새끼 새는 세상의 수많은 새들 중 한 마리에 불과하지만, 그 새의 어미에게는 세상 전부일 수 있다는 생각을 하지 못했던 것입니다. 소중함의 기준은 사람마다 다르므로 소중함의 상대적 의미를 항상 유념해야 할 것입니다.

그러나 소중함이 늘 지속되지는 않습니다. 오늘 소중하다고 여겼던 것이 언제 그 소중함의 가치를 잃게 될지도 모릅니다. 어린 시절 껴안고 자던 장난감이나 입 안에서 사르르 녹아 없어지던 간식, 사랑하는 사람, 꿈, 건강까지도 그 소중함의 가치가 변하지 않는 것은 없습니다.

사람과의 인연도 마찬가지입니다. 세월의 풍파에 휘둘리며 살다 보면 인연이란 사실을 자각하지 못할 때도 있고, 늘 옆에 있었기에 그 존재의 소중함을 잊어버리기도 합니다. '내 코가 석 자인데 무슨 오지랖이야', '나 살기도 바쁜데 어떻게 남까지 신경을 써'라는 말들을 하며 세상의 치열함과 각박함을 이유로 합리화도 합니다. 하지만 소중함을 느끼는 그 순간만큼은 그 대상의 소중함이 영원할 것이라 우리는 생각합니다. 아니 그렇게 믿고 싶은 것인지도 모르겠습니다.

사탕 하나, 초코파이 하나

10대들은 지금 당장 느끼는 소중함에 대해 어른들보다 더 크게 생각하는 경향이 있습니다. 어른들이 '시간이 지나면 아무것도 아니다'라고 말하는 것들도 당시에 그들에겐 더없이 소중하게 느껴질 수 있습니다. 우상처럼 생각하는 연예인에 대한 자신의 사랑이 소중하고 영원할 거라 믿는 아이, 시험을 망쳐서 울고불고하는 아이…. "학창 시절의 시험 성적은 인생을 살아가는 데 중요한 것이 아니야"라고 말하기도 하지만, 그 아이에게 점수 1점은 굉장히 큰 소중함으로 느껴질 테지요.

사탕 하나, 초코파이 하나가 소중하다고 생각해 보신 적 있나요? 어른이 된 지금 그것들의 소중함이 크게 와닿지는 않을 겁니다. 누구나 손쉽게 주위에서 구할 수 있으니까요. 하지만 상황과 대상에 따라 그것들의 가치는 크게 달라집니다.

용정중학교에는 매점이 없습니다. 게다가 과자를 비롯한 간식도 학교에 가져오는 것이 허용되지 않습니다. 만약 간식을 가져오면 그린마일리지라는 상벌점 제도에 의해 벌점을 부여받습니다. 기숙사 생활을 하는 아이들에게 간식 시간 외의 먹거리는 허용되지 않습니다. 그러다 보니 아이들은 항상 간식에 굶주려 있고, 가끔 선생님들이 열심히 하는 학생들에게 제공하는 자그마한 사탕이나 과자가 아이들이 접할 수 있는 군것질거리의 전부입니다. 그 중에서도 '초코파이'는 아이들이 가장 선호하는 간식 중 하나입니다. '사탕이나 초코파이가 땅에 떨어져도 3초가 지나지 않으면 먹어도 된다'는 말이 공공연하게 쓰이고 있을 정도로 간식에 굶주려 있는 아이들에게 초코파이는 소중함 그 자체입니다.

무엇이든 풍성할 때는 그 가치를 모르는 것 같습니다. 노력하지 않아도 주위에 넘쳐 나기 때문입니다. 마음에 각인되는 것은 그것을 절실히 원해도 얻기 힘든 거란 걸 자각할 때입니다. 가끔은 많이 애써도 잘 안 되거나 얻어지지 않는 것이 있습니다. 살다 보니 그런 일이 너무나 많습니다. 소중함을 맘에 느꼈을 땐 이미 그것이 내게서 영영 떠나가고 옆에 없을 때일 수가 있습니다. 때론 많이 늦어버렸을 때가 있는 것입니다. 그래서 소중한 건 늘 마음에 품고 있어야 합니다. 소중함을 매일 기억할 수 있다면 좋겠지만, 매일 바쁘게 살아가다 보면 하나하나 기억을 하고, 자각하며 산다는 것은 쉽지 않습니다. 그렇기 때문에 오히려 내 곁에 가장 가까이 있는 사람의 소중함을 잊는 경우도 많습니다.

소중함은 '왜 하필' 그 순간에…

저는 가르치는 일을 업으로 삼다 보니 학생들과 하루의 상당 부분을 함께 보내게 됩니다. 그래서인지 곁에 있다는 이유로 학생들의 소중함을 소홀히 생각하지는 않았던가 돌아보곤 합니다. 항상 곁에 있다는 생각에 사소한 일에 화를 내거나 짜증을 내지는 않았는지, 때로는 귀찮은 존재로 생각했던 것은 아닌지를 말입니다. 참 어리석은 것 같습니다. 왜 같이 있으면 소중하다는 생각을 하지 못하고, 먼저 그 아이를 중심에 두고 바라보지 못할까요.

첫 담임을 맡게 되었을 때의 이야기입니다. 2년 만에 처음으로 담임을 맡게 되었습니다. 학부모 총회가 끝나고 잠시 후 교실을 향해 가는데 우리 반 아이가 난처한 표정으로 복도에서 저를 기다리고 있었습니다. 사정을 들어 보니, 교실로 급하게 뛰어 올라가다 난간에 부딪쳐 머리에 피가 났습니다. 피가 막 흐르는 것은 아니었지만 그렇다고 피가 멈춘 상태도 아니었습니다. 교실과 복도에서는 학부모님들이 담임과의 대화 시간을 위해 저를 기다리고 있었지만 우선 이 아이를 데리고 교무실로 향했습니다. 하필 교무실에는 아무도 없었고, 보건 담당 교사도 연락이 닿지 않아 도움의 손길을 요청하기가 쉽지 않았습니다. 일단 부모님께 전화를 했습니다. 전화를 받고 부모님이 교무실로 오셔서 아이를 데리고 병원으로 향했습니다.

그때 제 마음속에는 '아휴~ 왜 하필 중요한 날 이런 일이 생기는 거야…' 하는 마음이 생겼습니다. 그 순간, 찜찜한 무언가가 느껴졌었는데 그 찜찜함이 무엇이었는지 시간이 흘러서야 알아차렸습니다.

그때 그 순간, 저는 '다친 아이'를 바라보지 못하고 '나에게 생긴 번거로운 상황'을 바라보았던 것입니다. 그러고 나니 제 자신이 한없이 부끄러워지고 아이에게 한없이 미안해졌습니다. 그래도 늦게나마 '다친 아이'를 바라볼 수 있게 되어서 참 다행이었습니다.

이 아이를 통해 소중한 한 가지를 가슴 깊이 새기게 되었습니다. 내가 진정 마음속에 품고 있는 것은 무엇인가, 내가 진정 바라보고 있는 것은 무엇인가를 말입니다. 수많은 프로그램과 수많은 활동이 있다 하더라도 그 중심에 '사람'이 없다면 그야말로 공허한 것임을 가슴 깊이 새기게 되었습니다. 교사들에겐 특히나 그 중심에 학생이 있어야 함에도 그 소중함을 잊고 있지는 않았는지 돌아보게 됩니다.

'파킨슨의 사소함의 법칙(Parkinson's law of triviality)'[3]에 대해 알고 계시나요? '사소함의 역설'이라고도 하는데, "개인 또는 집단의 의사결정에서 중요하지 않은 사안에 들이는 시간에 비해 정작 중요한 사안에 대해서는 월등히 적은 시간을 할애한다는 것"을 의미합니다. 파킨슨은 이를 설명하기 위해 새 공장을 지을 것이냐 말 것이냐를 결정하는 대기업 임원 회의를 예로 들고 있습니다. 이들은 1억 파운드가 넘게 드는 공장을 신축할 것인지를 결정해야 했는데, 별다른 반론 개진도 없이 불과 15분 만에 신축하는 것으로 결정했습니다.

그런데 다음 안건은 본부 건물 앞에 직원용 자전거 거치대를 세우느냐 마느냐였습니다. 여기에 소요되는 예산은 3,500파운드에 불과했습니다. 그러나 임원들은 이에 대해 1시간이 넘게 격론을 벌였고, 비용뿐만 아니라 거치대의 재료에 대해서까지 논란이 이어졌습니다. 이렇듯 정말 중요한 일에 대해선 은근슬쩍 넘어가면서, 사소한 일에 대해서는 침 튀겨 가면서 논란을 벌이는 우리들의 모습에 대해 파킨슨은 사소함의 법칙이라며 풍자한 것입니다. 우리는 사소함에 취해 정작 소중한 것을 놓치고 있는 것인지도 모릅니다.

3_ '파킨슨의 사소함의 법칙(Parkinson's law of triviality)'–우리는 사소한 것에 목숨을 건다(정성훈[2011], 『사람을 움직이는 100가지 심리법칙』, 케이앤제이).

사소한 몸짓, 소중한 날갯짓

일에서의 사소함과 사람을 대할 때의 사소함의 의미는 달라 보입니다. 10대들에게 물었습니다. 언제 본인이 수중한 존재라고 느끼는지를 말입니다. 여러 가지 의견이 나왔지만 다수의 아이들이 '부모님이 꼭 안아 줄 때', '친구들이 나를 인정해 줄 때' 등 누군가 자기를 인정해 주고 바라봐 줄 때 소중함을 강하게 느낀다고 답했습니다. 인정해 주고 바라봐 주는 것에는 어떤 대가를 지불해야 하는 것이 아닙니다. 누구나 할 수 있는 일들입니다. 말 그대로 사소한 것들입니다. 하지만 사소함은 의외로 강한 힘을 가지고 있습니다.

10대들의 대답 중에서 '선생님이 나를 바라봐 줄 때'라고 답한 아이가 있어 이유를 물었습니다.

"선생님은 많은 학생을 바라봐야 하는 위치에 있는데, 잠깐 스

쳐 지나가는 와중에 건네는 격려의 말 한마디나 수업 중 눈을 바라봐 주는 시선만으로도 선생님이 나란 존재를 인지하고 있다고 생각돼요."

그들에게 필요한 것은 거창한 것들이 아닌 사소한 것들입니다. 이미 우린 알고 있지 않았을까요? 10대들이 스스로를 소중하다고 느끼게 하는 것들에 대해서 말입니다. 소중함이란 역으로 사소한 것에서 비롯된다는 사실도. 하지만 사소함이란 이름으로 그동안 작은 눈빛, 손길 하나에 너무 인색하지는 않았을까요?

내 그대를 생각함은 항상 그대가 앉아 있는 배경에서 해가 지고 바람이 부는 일처럼 사소한 일일 것이나 언젠가 그대가 한없이 괴로움 속을 헤매일 때에 오랫동안 전해오던 그 사소함으로 그대를 불러 보리라.

- 시집 『즐거운 편지』(휴먼앤북스, 2003)

황동규의 초기 작품인 이 시는 작가가 고등학교 3학년인 18세 때 연상의 여성을 사모하는 애틋한 마음을 노래한 연애시로서 지금도 널리 애송되고 있습니다. 사랑하는 이와의 이별로 인한 괴로움을 기다림과 한결같음으로 이겨 내려는 극복 의지를 담고 있습니다. 또한 이루지 못할 사랑에 대한 그리움과 안타까움을 사랑스러운 시선으로 바라보고 있습니다. 하지만 저는 이 시에서 사랑보다는 '사소함'의 의미를 봅니다. '사소함'이라 표현하지만 전혀 사소하지 않은 '사소함'을 말입니다. "그대가 한없이 괴로움 속을 헤매일 때에 오랫동안 간직하던 그 사소함으로 그대를 불러 보리라"라는 시인의 말이 우리에게 전하는 메시지는 명확합니다. 사소함이 누군가에겐 얼마나 큰 소중함이 되는지 말입니다. 사랑을 소중함이라 지칭한다면 소중함은 그렇게 우리의 일상 속에 스며들어 있습니다. 우리에게는 사소한 몸짓이지만 10대들에겐 소중한 날갯짓이 될 수 있습니다.

저의 중고등학교 시절을 떠올려 보면 제 이름으로 선생님들께 불려 본 적이 거의 없었습니다. '가나다' 순이나 '키 크기' 순으로 번호가 부여되고, 수업시간이나 학교 활동에서 그 번호로 불리는 경우가 많았습니다. 특히나 제 번호에 해당하는 날짜에는 거의 모든 수업에서 "31번 일어나", "31번 나와서 풀어 봐"라고 지목받을 정도로 번호로 불리는 경우가 다반사였습니다. 그때는 지금보다 학생 수도 훨씬 많았고 교과 시간에만 잠깐 만나는 모든 아이들의 이름을 기억한다는 것이 어려웠을지도 모릅니다. 지금 생각해 보면 저 또한 제 이름이 아닌 번호로 불리는 것을 너무나 당연하게 생각했던 것 같습니다. 그 와중에 국어 선생님이 한 분 계셨는데 그 선생님만큼은 저를 이름으로 불러 주셨습니다. 머리숱도 없고 인상이 험악하기까지 했던 그 선생님을 좋아했던 것은 단지 그 이유 때문이었습니다. 선생님을 좋아하게 되니 수업이 재미있어졌습니다. 그러다 보니 중학교 시절 국어 1등은 항상 저의 몫이었습니다. 어쩌면 제가 지금 국어를 가르치고 있는 것도 그 때문이 아닐까 싶을 때가 있습니다. 이름을 따뜻하게 불러 주셨던 국어 선생님의 모습이 좋은 기억으로 남아 선생님처럼 되고 싶다는 생각을 했는지도 모르겠습니다. 이처럼 이름을 불러 주는 사소한 행동이 누군가에겐 큰 소중함으로 다가올 수 있는 것입니다.

제가 아는 수학 선생님도 학교 채용 면접을 볼 때 이와 유사한 경험을 이야기한 적이 있습니다. 제출한 서류 중에서 고등학교 생활기록부를 유심히 살펴보시던 면접관이 영어 I, 영어 II 과목의 성적은 저조한데, 유독 영어 독해 과목의 성적만 우수한 이유를 물어보셨습니다. 그 선생님의 대답은 의외로 간단했습니다.

"제가 영어 독해 선생님을 좋아했어요."

그 수학 선생님은 비평준화 지역의 상위권 고등학교를 다녔는데, 쟁쟁한 아이들 속에서 크게 주목받지 못하는 학생이었다고 했습니다. 그런데 고등학교 3학년 때 영어 독해 과목 선생님께서 수업 중에 마실 물을 준비해 줄 것을 부탁하셨고, 그것을 잊지 않고 챙기는 모습이 천사 같다며 '장천사'라는 별명으로 불러 주셨다고 합니다. 그리고 수업 중간에 물을 마실 때면 "우리 장천사가 떠다 준 물을 마시니 목소리가 잘 나오고 너무 기분이 좋아서 수업이 잘된다"고 칭찬을 해 주셨습니다. 수업 시간마다 선생님으로부터 칭찬을 듣게 되다 보니 자연스럽게 선생님을 좋아하게 되었고, 선생님께 잘 보이고 싶은 마음이 커졌다고 합니다. 그러다 보니 수업 시간에 선생님이 어떤 질문을 하시더라도 자신 있게 대답할 수 있도록 교과서와 문제지의 예습과 복습은 물론 선생님의 말 한마디도 놓치지 않고 메모하고 암기하게 되었고, 졸업식 때 영어 독해 과목에서 전교 1등을 하게 되어 과목 최우수상을 받았다고 합니다.

"선생님이 직접 겪어 보았으니까 앞으로 학생들에게 어떤 선생님이 되어야 할지 잘 알 거라고 믿습니다. 선생님의 경험을 바탕으로 학생들의 긍정적인 변화를 이끌어 낼 수 있는 훌륭한 선생님이 되길 바랍니다."

이야기를 들은 면접관은 이렇게 말하며 훈훈한 분위기로 면접을 마무리했다고 합니다. 물을 떠 달라고 했던 그 선생님의 부탁과 그 뒤에 이어진 사소한 칭찬이 사소함을 넘어서 소중함으로 받아들여진 것입니다. 현재 중학교에서 아이들을 가르치고 있는 그 수학 선생님의 마음속에 영어 독해 선생님의 말이 오랫동안 남아 있는 것은 사소함이 결코 사소함이 아니기 때문일 것입니다.

어떤가요? 사소함이 소중함으로 다가오시나요? 이와 유사한 사례는 의외로 주변에서 쉽게 찾아볼 수 있습니다.

일례로 몇 년 전 유명 강사를 학교로 초청해서 전교생을 대상으로 '리더십 특강'을 진행한 적이 있습니다. 학교로 모시기 위해 1년 전부터 약속을 잡아야 했고, 회계사로 일하고 있는 남편보다 10배는 더 많이 번다고 할 정도로 전국 방방곡곡 강의를 다니는 스타 강사였습니다. 강의 도중 본인이 강사가 된 이유에 관해 언급했는데, 바로 사소함의 소중함에 관한 내용이었습니다. 수줍음 많고 남들 앞에서 고개조차 들지 못했던 여고생 시절, 한 선생님이 건네준 말 한마디가 지금의 자신을 만들었다고 했습니다. "너는 입이 참 크다. 나중에 남들 앞에서 말 잘하겠다." 이 사소한 말이 여고생의 학교생활에 많은 변화를 일으켰고, 결국엔 그 말처럼 남들 앞에서 말하는 직업을 가지게 되었다고 합니다.

확대 해석이라고 생각할지도 모르겠습니다. 물론 그 외에도 여러 가지 요인이 작용했을 수 있습니다. 하지만 중요한 것은 선생님이 건넨 사소한 말이 세월이 흘러도 잊히지 않을 만큼 뇌리에 깊숙이 박혀 있는 소중함으로 받아들여졌다는 사실입니다.

한근태 작가의 『신은 디테일에 있다』는 책을 보면 이런 구절이 나옵니다.

간호학교를 다닌 지 두 달이 되었습니다. 교수님께서 퀴즈를

냈습니다.

나는 거침없이 문제를 풀었지요. 그런데,

"학교를 청소하는 아줌마의 이름이 무엇인가?"라는 마지막 질문에서 걸리고 말았지요. 저는 여러 번 그녀를 보았습니다. 50대 중반에 키가 크고 검은 머리의 여자였지요. 그러나 제가 어떻게 그녀의 이름을 알 수 있습니까?

"인생에서 수많은 사람을 만나게 될 것이고, 그들은 모두 중요한 사람들이지. 그들은 모두 관심의 대상이고 돌봄을 필요로 한단다."

그녀의 이름은 도로시였습니다.

우리는 하루에도 수많은 사람들을 마주하지만 무심코 지나치는 경우가 대부분입니다. 나와 특별한 관계가 아닌 이상 그냥 스쳐 지나치는 사람들일 뿐인 것이죠. 그들 각자의 이름이 있고, 누군가에겐 무척이나 소중한 사람들이라는 사실도 흘려보내 버리는 듯합니다. 우리가 10대를 대함에서도 마찬가지입니다. 10대들을 '10대'라고만 지칭하고 각자의 이름으로는 부르지 않았던 것은 아닐까요? 또한 그들이 소중하다고 느끼는 것을 사소함으로 취급해 버린 것은 아닐는지요. 그들 스스로의 소중함과 그들이 소중하다고 느끼는 것을 받아들이고 인정해야 합니다. 그것이 매우 사소한 것일지라도 말입니다. 흔히 우리는 나무보다 큰 숲을 바라보라고 하지만 정작 큰 숲을 이루기 위해서는 나무 밑에 자

리한 작디작은 풀들이 모여야 한다는 사실을 잊어서는 안 될 것
입니다.

울다가 웃고 맙니다

교사라는 작은 풀에 대해서도 들여다보겠습니다.

교사들에게 소중함이란 어떤 의미일까요? 몇 년 전 전라남도교육청에서 실시한 연수에 참석한 적이 있습니다. 주제는 '교사로서 산다는 것'이었지만 연수의 상당 부분이 '교사 스스로 소중하다고 느끼는 것'에 관한 내용이었습니다. 교사들의 소중함의 중심에는 언제나 '학생'이 자리 잡고 있었습니다. 교사들에게 있어 학생들은 존재 이유이기도 하니까 말입니다.

아이들이 있기에 학교가 있고, 우리가 있다.

아이들 때문에 힘들어도, 소중한 아이들을 포기한다는 말은 하면 안 된다고….

우리마저 포기해 버리면 그 아이들은 어디를 가느냐고….

아이들을 가르치고, 아이들을 지도하는 것은 낙엽 지는 가을 날, 마당의 낙엽을 쓸 듯해야 하는 것이라고…. 돌아서면 또 낙엽이 떨어지고, 쓸고 돌아서면 또 떨어져 있어서 다시 쓸어야 하지만. 그렇게 계속 쓸고 또 쓸어야 하는 일이라고….

열 번을 울다가도 아이들 때문에 웃어 버리는… 그 한 번의 웃음 때문에 사는 것이 교사인가 보다. 그 울음 속에서도 나를 채찍질하고, 아이들을 위해 다시 한 번 힘을 내는 것이 교사인가 보다. 그게 교사로 사는 것인가 보다.

연수에 참석한 어떤 선생님의 글인데, 교사로서의 삶에 대해 깊이 공감할 수 있으면서 교사로서 살아가는 이유가 담겨 있습니다. 희로애락의 다양한 감정을 안겨 주지만, 더없이 소중한 아이들을 대하는 태도 또한 고스란히 느껴집니다.

하지만 정작 그 소중한 학생을 마음에 담고 있을 여유가 부족하다는 것에는 누구나 공감하였습니다. 연수가 진행되어 갈수록 교사를 바라보는 다양한 시선과 평가에 대한 부담감, 쌓여만 가는 업무로 인해 소중함을 잊고 살아가는 교사들의 푸념이 늘어만 갔습니다. 정작 소중한 것이 무엇인지조차 헷갈리는 현실에 대한 안타까움이 연수 장소에 가득했습니다. "저도 누군가에겐 소중한 딸인데…"라며 처음 보는 많은 이들 앞에서 눈물을 흘리며 속상해하는 어떤 선생님의 말이 보는 이들의 안타까움을 더 했습니다. 교사로서가 아니라 누군가의 소중한 아들이자 딸로서 바라봐 줬으면 하는 마음이 자리 잡고 있었던 것입니다.

교무실에 앉아 업무를 보고 있노라면 가끔 다른 선생님들의 통화 소리가 들려오곤 합니다. 대부분 업무와 관련된 통화 내용이지만 가끔 부모님과의 통화 소리가 들려오기도 합니다. 다들 업무에 집중하고 있을 때쯤, 탄식하듯 내뱉은 "엄마 나 괜찮아"라는 영어선생님의 음성이 조용한 교무실에 메아리치듯이 울려 퍼진 적이 있습니다. 조용한 가운데 목소리가 크게 들린 것을 감지한 그 선생님은 마치 비밀이라도 들킨 것처럼 전화기를 감싸고 교무실을 나섰습니다. 그 모습에서 교사들의 자화상을 보게 되고, 선생님도 세상에 둘도 없는 누군가의 소중한 아들이자 딸인데, 교사라는 이유로 참아야 하고 삼켜야 할 때가 많다는 생각이 덧붙여집니다.

후에 알게 된 사실이지만 수업 시간에 한 녀석이 친구와 장난을 쳤는데 이를 선생님이 제지하자 자신의 잘못을 인정하기는커녕 선생님에게 대들었고, 해당 학생의 부모님이 학교로 전화해 선생님께 항의를 했습니다. 전후 사정은 고려하지 않고 아이를 혼냈다는 사실만으로 선생님께 따지듯이 항의 전화를 한 것이죠. 이일로 속상해하고 있을 때 마침 그 선생님의 부모님이 전화를 걸어왔던 것입니다.

요즘 교권이 추락했다는 말을 많이 하곤 합니다. 하지만 추락이라는 표현은 맞지 않습니다. 추락이라는 것은 높은 곳에 있을 때에야 가능한데 교권은 높은 곳에 있었던 적이 없기 때문입니다.

그저 풍문에 불과합니다. 그렇다고 교권이 높은 곳에 있기를 바라지 않습니다. 낮은 곳에서라도 흔들리지 않기만을 바랄뿐입니다. 소중한 것의 의미를 자기 기준으로 판단해 버리고, 자기 자식이 소중하다면 남도 소중할 것이라는 생각이 점점 흐려져 가는 것 같은 현실입니다.

저 역시 교직에 있으면서 여러 가지 업무에 치이고 부대끼다 보니 어느 순간 저에게 소중한 것이 무엇인지 잊고 살았던 것 같습니다. 매일매일이 바쁨의 연속으로 학생들을 바라볼 여유가 없었습니다. 하지만 언젠가 여유라는 놈이 저에게 찾아와서는 알려 주었습니다. 주변을 볼 겨를이 없는 것이 아니라, 주변을 볼 용기가 없다는 사실을 말입니다. 그리고 볼 용기를 주었습니다. 용기가 생기자 주변을 보게 되었고, 주변을 보게 되자 마음 한구석에 방치되어 있던 인연이란 놈이 보이기 시작했습니다. 그 인연이란 소중한 놈은 그 자리에서 항상 저를 지켜보고 있었습니다. 용기를 내어 그놈에게 다가갔고, 이제는 그놈에 대해 관심을 갖고 알아가는 중입니다.

시작에 불과하지만 그동안 가져왔던 인연에 대한 저의 생각은 180도 바뀌었습니다. 필요에 의한 연락이 아닌 연락을 하게 되고, 무관심과 무반응이 아닌 관심과 밝고 즐거운 반응을 하게 되었고, 나 스스로 갈라 놓았던 도움이 되는 이와 안 되는 이의 사이를 없애고 있었습니다. 약속으로 인한 시간의 아까움은 약속에 대한 설렘으로 바뀌었습니다. 무엇보다 그들과 함께하는 매 순간이 저에게 크나큰 행복감을 가져다주었습니다. 인연이란 그렇게 소중하다는 것을 일깨워 주었던 것입니다. 나를 보고 남은 시간에 주위를 보는 것이 아니라, 인연은 내 행복을 위해서 항상 함께 존재해야 하는 것이었습니다. 저에게 있어 소중한 것이 무엇인지 여유로 인해 알아 가게 됩니다. 주위를 바라볼 수 있는 여유야말로 가치를 깨닫고 서로의 소중함을 인식할 수 있는 시작점이 아닐까요? 학생과 교사도 함께 소중하다고 느낄 수 있게 여유를 가지고 서로를 인정해 주는 것이 무엇보다 필요합니다.

사소함은 그냥 소중함이 되지 않는다

소중함을 이야기할 때 우리가 알아야 할 것이 있습니다. 우선 사소함을 소중함으로 느끼도록 하려면 나름의 수고와 노력이 필요하다는 점입니다. 저희 학교 교장 선생님은 매년 학기 초가 되면 신입생 사진을 컬러로 출력해 달라고 부탁을 하셨습니다. 아이들 사진으로 무엇을 하시는지 의문이 들었습니다. 시간이 흐르니 알게 되었습니다. 교장실 앞을 지나갈 때나 보고를 드리기 위해 교장실에 들어섰을 때 어김없이 교장 선생님은 아이들 사진을 들여다보고 계셨습니다. 아이들을 개별적으로 만날 기회가 많지 않으셨기에 아이들 이름을 외우기 위해 사진을 계속 들여다보셨던 것입니다. 교육청에서 부교육감까지 역임하셨고 70세가 훌쩍 넘으셨음에도 아이들의 이름을 불러 주기 위해 많은 시간을 할애했던 것입니다. 그러곤 아이들을 마주칠 때마다 "동민아, 오늘 하루

잘 보내고 있니?"라고 다정하게 인사를 건네셨습니다. 주변에 있던 아이들은 "교장 선생님, 제 이름도 아세요?"라며 물으며 자신의 이름을 정확히 알고 있다는 사실에 놀라곤 했습니다. 교장 선생님은 '이름 불러 주기'라는 사소함을 위해 많은 시간을 들인 것입니다. 사소함을 위해 자신의 소중한 것을 나누어야 상대방이 그 사소함을 소중함으로 받아들일 수 있습니다.

또 한 가지는 타인의 소중함을 자신의 기준으로 판단해서는 안 된다는 것입니다. 우리에겐 자신의 기준으로 타인의 소중함을 판단하려는 경향이 있습니다. 소중하다는 것은 제자리에 머물 줄을 모르고 개인적이든 사회적이든 세월이 흐르고 시대가 변하면서, 소중한 것들도 함께 바뀌며 흘러가기 마련임에도 불구하고 말입니다. 상대방의 소중함을 인정하지 않고 '무의미하다', '사소하다'로 평가절하하고 상대방의 입장에서 보지 못하는 경우도 많습니다. '장자'가 말한 '사육사와 말'의 이야기는 사랑이 지극하더라도 타인의 입장에서 생각하지 못한 사랑의 방식은 오히려 독이 될 수 있음을 보여 줍니다.

소중함은 함께 공유하는 것이다

자신이 키우는 말을 너무나 사랑하는 사육사가 있었습니다. 그는 말을 너무 사랑했기에 말똥을 직접 광주리에 받아 냈고, 말의 오줌을 큰 조개껍질로 만든 귀한 그릇에 담아 처리할 정도로 모든 애정을 쏟았죠. 매일같이 말의 털을 빗겨 주고 좋은 사료로 말의 배를 채웠습니다.

그런데 어느 날 자신이 사랑하는 말의 등에 파리가 한 마리 앉아서 말을 괴롭히고 있는 것을 보게 됩니다. 사육사는 자신이 사랑하는 말을 괴롭히는 파리가 말의 등에 앉았을 때 손으로 쳐서 잡았습니다. 그런데 불시에 그 파리를 팔로 내리쳤을 때 말은 자신을 때리는 줄 알고 깜짝 놀라 뒷발로 사육사의 갈비뼈를 차서 결국 사육사는 비극을 맞이하게 되었다는 것입니다.

말을 너무나 사랑하고 아꼈던 어느 사육사가 결국 자신이 그토록 사랑했던 말의 발에 채여 죽었다는 비극적인 이야기입니다. 그 사랑은 자신이 사랑하는 방식이었지 말의 방식은 아니었다는 것입니다. 그래서 결국 사육사는 그런 비극을 맞이할 수밖에 없었다는 것이죠.

사육사의 사랑은 지극하였습니다. 하지만 사랑의 방식에는 문제가 있었던 것입니다. 사육사의 의도는 말을 사랑하였기에 말을 괴롭힌 파리를 때린 것이었지만 말의 입장에서 보면 자신을 때린 행위로만 받아들여졌다는 뜻입니다. 물론 사육사의 의도를 제대로 알지 못한 말에게도 문제가 있었겠지만, 그래도 사육사는 자신이 말을 사랑하는 방식과 행동에 대하여 한 번쯤은 고민해 보았어야 했습니다. 사랑이 아무리 지극하더라도 상대방의 마음을 세심하게 헤아리지 못하고 오직 나만의 방법으로 표현한다면 그것은 상대방에게 사랑으로 받아들여지지 않을 수도 있습니다. 상대방을 사랑이라는 이름으로 내가 원하는 방향으로만 인도하다 보면 부작용이 생기기 마련입니다. 상대방 입장에서 보면 사랑이 아닌 폭력으로 받아들여지기도 합니다. 사랑은 상대방을 그대로 인정하는 것에서부터 시작됩니다. 사랑은 사랑을 주는 사람의 입장도 중요하지만 사랑을 받는 사람의 입장을 더욱 고려해야 합니다. 내 주변과의 관계를 돌아보며 내가 주고 있는 사랑의 방식이 과연 상대방에게도 옳은지 한 번쯤 고민해 보아야 하죠.

내가 사랑하는 방식이나 나에게 소중한 것이 과연 그들에게도 사랑으로 느껴질 것인지, 소중하게 받아들여질 것인지에 대해서는 깊이 생각해 봐야 합니다. 인정하고 받아들이는 것이야말로 그들을 진정 소중히 여기는 자세가 아닐까요. 남과 나의 소중함에는 우위가 없습니다. 모든 생각, 모든 가치관이 다 중요한데, 여기에는 그 사람의 삶의 역사가 반영되어 있기 때문입니다. 그것을 부정하는 것은 그 사람의 삶을 송두리째 부정하는 것과 마찬가지입니다.

개개인으로서의 소중함

10대든, 교사든, 집단으로서가 아닌 그들 개개인을 바라봐야 합니다. 강준만의 『감정독재』에 나오는 "왜 한 명의 죽음은 비극, 백만 명의 죽음은 통계인가"를 보면 왜 집단이 아닌 개인을 바라봐야 하는지가 피부에 더 와닿을 것입니다.

실험 1: 참가자들에게 어린이 8명의 사진을 보여 주면서 이들을 치료하려면 30만 달러가 필요하다고 말해 주었다. 다음엔 어린이 1명의 사진을 보여 주고 이 아이의 치료비로 30만 달러가 필요하다고 말해 주었다.

실험 2: 참가자들에게 굶주린 아프리카 소녀 사진과 굶주린 아프리카 소년 사진을 각각 보여 주었다. 그리고 소녀와 소년이 함께 있는 사진을 제시했다.

실험 1에서 대부분의 참가자는 어린이 8명 대신 어린이 1명에게 기부하고 싶다는 의사를 밝혔으며, 실험 2에선 소녀와 소년 각각에겐 같은 정도의 동정심을 나타냈지만 둘이 함께 있는 사진을 보았을 때 동정심은 오히려 줄어들었다.

이 실험을 실시한 미국 오리건대학의 심리학자 폴 슬로빅은 "이 연구는 우울한 심리학적 경향을 시사한다"며 "사람들은 단 하나의 희생자를 불쌍히 여기지만 희생자가 늘어날수록 무덤덤해지며 88명이 죽는다 해서 87명이 죽는 것보다 더 가슴 아파하지는 않는다"고 말했다.

그는 "지난 한 세기 동안 아르메니아와 우크라이나, 독일, 르완다에서 대량학살이 일어나도록 방치한 사회 심리 및 정치 제도적 구조를 이해하고 그 답을 찾지 않는다면 또 다른 잔혹한 세기를 보게 될 것"이라고 경고했다.

다른 실험을 보자. 굶주린 7세 아프리카 어린이 한 명의 사진과 이 사진 옆에 비슷한 처지의 아프리카 어린이 '수백만 명'에 대한 통계가 곁들여졌을 때, 후자(後者)의 자선 모금액은 전자(前者)보다 훨씬 적었다. 왜 그럴까? 2007년 3월 18일 미 외교 전문지 『포린폴리시(Foreign Policy)』는 「숫자에 무뎌진(Numbed by Numbers)」이란 제목의 웹사이트 기사를 통해, 대량학살 사건 등의 대규모 희생자 숫자는 이를 접한 사람에게 '동정 피로증 (compassion fatigue)'을 주고, 기부금 지원 같은 행동도 방해할 수 있다고 밝혔다.

- 강준만, 『감정독재』(인물과사상사, 2013)

전체를 바라볼 때와 개개인을 바라볼 때 사람들의 인식은 확연히 차이가 있습니다. 실험에서 개개인의 소년, 소녀를 향한 동정심과 집단을 향한 동정심은 차이가 있습니다. 개개인의 소중함은 누구나 알고 있지만, 전체로 바라보게 되면 그 소중함에 대한 생각은 작아집니다. 그들 각각을 바라봐 주십시오. 한 사람 한 사람의 소중함을 자각할 때 전체의 소중함도 알게 됩니다. 그 낱낱은 바로 우리 곁에 있는 사람들입니다. 우리는 곁에 있다는 이유만으로 곁에 있는 사람을 쉽게, 그리고 당연하게 생각하는 경우가 있습니다. 소중함은 가까이 있을 땐 인지하지 못하다가 멀리서 지켜볼 때 더욱 커지는 것 같습니다. 곁에 있을 때 말해 주십시오. "당신은 저에게 무척 소중한 사람입니다. 당신의 소중함을 함께 나누고 싶어요"라고 말입니다.

5장

나는 당신을 봅니다

I see you

영화 〈아바타〉를 기억하시나요? 인류는 지구 에너지 고갈 문제가 심각해지자 이를 해결하기 위해 판도라 행성으로 향하는데, 이 과정에서 판도라 행성의 원주민인 '나비족'과 대립하게 됩니다. 인류는 전직 해병대원 제이크 설리를 아바타 프로그램을 통해 나비족의 중심부에 투입하고, 제이크 설리는 타고난 친화력으로 나비족을 지휘하게 된다는 내용입니다. 그리고 그 과정에서 제이크 설리는 나비족의 여주인공과 사랑에 빠지는데, 영화의 결정적인 장면에서 여주인공은 제이크 설리에게 '사랑한다'는 말 대신에 이렇게 말합니다.

"I see you. 나는 당신을 봅니다"라고 말입니다.

처음엔 로맨틱한 인사로만 생각했는데 영화의 막바지로 갈수록 그 인사는 '나는 당신을 봅니다'가 아닌 '나는 당신을 사랑합니다'로 느껴졌습니다. 직접적으로 사랑한다고 말하진 않지만 그 마음을 전달하기에는 충분해 보였습니다.

어린 시절 우리 부모님들도 이와 유사한 말로 당신들의 마음을 우회적으로 드러내는 모습을 자주 보셨을 것입니다. 특히나 마음을 표현하는 데 인색했던 아버지들은 직접적으로 마음을 표현하는 일은 드물었습니다. 퇴근을 하고 집에 들어오실 때나 전화통화를 할 때면 매번 "밥은 먹고 다니냐?"는 말로 인사를 대신하셨던 아버지의 모습이 떠오릅니다. 그러면 저는 굉장히 퉁명스러운 말투로 "물어볼 말이 그것밖에 없어요?"라며 핀잔을 주곤 했습니다.

아버지들이 늘 하셨던 "밥은 먹고 다니냐?"는 그 말씀이 멋쩍고 어색했던 아버지들의 자식에 대한 사랑 표현 방식이었음을 그땐 알지 못했습니다. 그리고 마음을 표현하지 않는 아버지가 미웠던 적도 많았습니다. 하지만 시간이 흐르고 나이가 들다 보니 저 역시 "식사하셨어요?"라는 말로 안부를 묻게 되었습니다. "밥 먹었냐?"는 아버지의 말이 〈아바타〉의 여주인공이 말했던 "I see you"라는 것을 알게 되기까지 참 오랜 시간이 걸렸습니다.

같이 보았지만 같은 것을 보진 못했습니다

부모님들에게서 '보다(see)'라는 말의 의미를 새로이 발견하게 됩니다. 용정에서는 매년 10월이 되면 용정 가족 축제 한마당이 열리는데, 동아리 활동과 특기적성, 특성화 프로그램 등의 활동을 하며 1년 동안 갈고 닦은 실력과 결과물을 용정 가족 앞에서 선보이는 자리입니다. 피아노, 바이올린, 연극, 댄스 등의 다양한 공연이 이루어지는데 마지막은 항상 전교생의 악기 공연이 펼쳐집니다.

전교생이 흰색 티셔츠를 입고 무대 위에 서다 보니 멀리서 아이들을 구분하기는 여간 쉽지 않습니다. 더군다나 부모님들은 무대와는 거리가 있는 곳에 자리하고 있기 때문에 더더욱 쉽지 않은 상황입니다. 하지만 부모님들은 그 많은 학생들 가운데서 자신의 아들, 딸을 쉽게 찾아내서 아이들 모습을 카메라에 담기 위해 연신 셔터를 눌러 댑니다. 같이 무대를 보고는 있지만 같은 것을 바라보진 못했습니다. 무엇이 차이를 만들까요? 그것은 의지의 차이가 아닐까요? 부모님들의 보려는 의지가 아이들을 쉽게 찾아보게 한 것이라 생각됩니다. 용정 관악 공연 무대 위의 수많은 아이들 중에서 내 아이를 금방 찾아내는 신비로움은 보고자 하는 마음에 간절함이 더해졌기 때문일 것입니다.

조카가 군대를 갔을 때에도 유사한 상황이 있었습니다. 제 조카는 대학교 1학년에 입학하자마자 '국가에 충성을 다하겠다'며 육군에 지원해서 그해 여름에 논산훈련소로 입소를 하게 되었습니다. 입대 전에 머리를 짧게 자른 수백 명의 입소자들이 연병장이라 불리는 운동장에 집합하여 간단한 입소식을 하는데, 그때까지만 하더라도 사람마다 입ㄱ 있는 옷이 다르기 때문에 수백 명의 장정들 사이에서 어렵지 않게 조카를 찾아낼 수 있었습니다. 그러나 입대 후 한 달쯤 지난 시점에서 집으로 보내온 사진을 볼 때는 달랐습니다. 모두가 머리를 짧게 자르고 같은 색깔의 군복을 입고 있는 상황에서 조카를 발견해 내기는 쉽지 않았습니다. 게다가 한껏 군기가 바짝 들어 턱을 끌어당기고 있던 터라 저의 눈에는 다 똑같은 군인으로 보였습니다.

그런데 조카를 떠나보낸 큰누님은 달랐습니다. 사진을 보자마자 조카를 찾아냈고 힘든 훈련으로 부쩍 야윈 모습에 눈물을 흘리며 안타까워했습니다. 순간 너무나 신기했습니다. 아무리 자식이라고는 하지만 똑같은 외모의 수많은 훈련병 중에서 마치 공연장에서 핀 조명이 비춰지듯 내 아이를 단번에 찾아낼 수 있다는 것이 말입니다.

우리는 단체 사진이나 무대 위 공연을 볼 때, 전체적인 구도나 조화로움을 먼저 염두에 두지만, 부모님들은 내 아이의 모습을 먼저 바라보게 됩니다. 부모님들이 아이들에게 보내는 무한한 사랑의 눈길이 아이들을 성장하게 하고 힘든 일을 이겨 낼 수 있게 하는 원동력이 되는 것 같습니다. 교사도 마찬가지입니다. 학교 또는 학급에서 학생들을 전체적으로 바라보고 조화로움을 강조하는 것도 중요하지만, 때론 아이들 개개인에게 핀 조명을 비춰 주는 것이 더 필요할 것입니다.

간절함에 보내는 응원

'보다(see)'는 우리가 일반적으로 생각하는 의미보다 훨씬 더 많은 의미를 함의하고 있습니다. '지켜봐 줘' 또는 '지켜봐 줄게'처럼 '관심을 가지고 있다', '응원한다', '사랑한다' 등의 의미로 사용되어 직접적으로 말을 전하기 어려울 때 대신하기도 합니다.

그런데 우리는 정작 '보다'라는 말을 주로 '눈에 비치는 것을 알아채다'라는 의미로 한정지어서 사용하지는 않았을까요? '보다'와 '보이다'는 명확한 차이가 있어 보입니다. '보다'는 자의적인 행동으로 능동성을 띄는 반면에 '보이다'는 본인의 의사와는 달리 알게 되는 것으로 수동적인 행동을 의미합니다. 의도성에 차이가 있다고 할 수 있습니다. 의도성에 따라 보여지는 범위나 수준이 달라질 수 있는 것입니다.

우리는 많은 사람들을 마주하지만 정작 보이는 부분에만 관심을 두었지 그 사람에 대해 보려고는 하지 않았을지 모릅니다. 10대들을 대함에서도 마찬가지입니다. 의도적으로 10대들을 바라보려는 노력을 하지 않았습니다. 10대들은 끊임없이 자신들만의 언어나 표현방식으로 자신을 바라봐 주기를 간절히 요구하고 있습니다. 과격한 행동, 삐딱한 말투 등 10대들의 특징이라고 말하는 것들이 곧 그들만의 간절함인 것입니다. 그것을 관심 있게 봐야 함에도 우리는 단순히 일탈이나 반항으로 취급해 버린 것은 아닐까요?

어린아이들을 떠올려 보십시오. 아이들에게서 발견할 수 있는 특징적인 행동이 한 가지 있습니다. 혼자서 장난감을 가지고 역할극을 하며 놀거나 친구들과 함께 공을 가지고 축구 시합을 할 때 등 어떤 활동을 하든지 아이는 가끔씩 뒤를 돌아보곤 합니다. 왜 뒤를 돌아볼까요? 그건 바로 엄마가 자신을 바라보고 있는지를 확인하기 위해서입니다. 엄마가 뒤에서 자신을 바라보고 있다는 사실에 안도해하며 다시 하던 일을 계속하게 됩니다. 부모님이 바라봐 주는 것만으로도 충분히 편안함과 안정감을 느낄 수 있는 것입니다. 아이들에겐 아무 편견 없이 바라봐 줄 수 있는 그런 존재가 필요합니다.

"잘 지내고 있지?"

보게 되면 보이지 않았던 것들이 조금씩 보이기 시작합니다.

제가 근무하는 용정중학교 사례를 들어 보겠습니다. 용정중학교에서는 선생님과 학생 간 자매결연을 맺고 있습니다. 한 명의 선생님과 8~9명의 학생이 자매로 인연을 맺어 힘든 일이나 학교생활의 어려움 등에 관해 상담도 하고 속마음을 나누는 등 멘토, 멘티의 끈끈한 관계로 이어져 있습니다. 대다수의 아이들이 자매 선생님을 '아빠', '엄마'라고 부를 정도로 서로에 대한 애정이 각별하다고 할 수 있습니다. 지리산 종주나 체육대회 등 학교 행사가 자매별로 진행되기도 하고, 기숙사 실 배정도 자매별로 편성하여 함께 생활하다 보니 가족 그 이상의 의미로 다가오기도 합니다.

이렇게 자매결연을 통해 여러 가지 활동을 함께 하고 있는데,

그중에 중요한 것 하나가 '주간생활계획' 작성 지도입니다. 매주 금요일에 앞으로 다가올 일주일을 어떻게 생활할 것인지, 하루하루 해야 할 복습과 예습, 독서 계획 등을 구체적으로 어떻게 실천할 것인지 적어 오면 그것의 실천 가능 여부를 피드백해 주며, 선생님과 학생이 서로 소통하는 시간입니다. 또한 작성한 주간생활계획을 자매 선생님에게 제출하면 포스트잇을 통해 서로의 고민이나 심정, 격려의 말 등을 담아 마음을 전하기도 합니다.

저에겐 수민이라는 자매 아이가 있었습니다. 평소 쾌활하고 밝은 아이로 쉬는 시간마다 복도를 점령하다시피 하는 굉장히 활동적인 학생이었습니다. 그래서 수민이에게 "밝고 명랑한 수민아. 그 해맑음을 잃지 말고 늘 즐겁게 학교 생활하길 바랄게"라고 포스트잇에 적어 건네주곤 했습니다. 주간생활계획에 붙어 있는 포스트잇을 확인한 수민이는 "선생님, 걱정 마세요. 저 생활 잘하고 있어요"라며 짤막하게 글을 적어 책상 위 컴퓨터 모니터에 붙여놓곤 했습니다.

'녀석, 생활 잘하고 있구나'라고만 생각하고 넘겨 버렸던 작은 포스트잇에서 어느 날 눈물 자국이 보였습니다.

평소 너무나 밝은 아이였기에 물이 번진 것이라 생각하고 큰 걱정은 안 했지만 혹시나 하는 마음으로 자습실에서 공부하고 있는 아이에게 찾아갔습니다. "잘 지내고 있지?"라는 저의 물음에 그동안 말 못하고 참아 왔던 힘들었던 일들이 떠올랐는지 더 이상 참지 못하고 눈물을 글썽거렸습니다. 친구들이 내뱉은 말로 인해 받

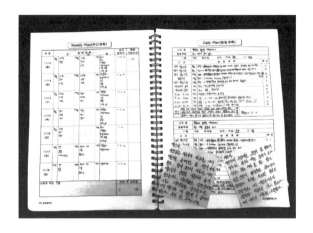

은 상처를 애써 참고 견뎌 왔던 수민이였다는 것을 미처 알지 못했던 것입니다.

수민이는 내성적이고 수줍음이 많아 사람을 대하는 데 어려움을 겪는 소심한 아이였습니다. 성격을 고치고자 여러모로 애를 썼지만 쉽사리 바뀌지 않았다고 합니다. 엄밀히 말하면 주변 사람들의 인식이 바뀌지 않았다고 했습니다. 나름의 노력을 통해 성격을 변화시켜 보려고 했지만 수민이를 알고 있는 사람들의 머릿속에는 이미 고정된 이미지가 형성되어 있어 주변 사람들의 인식에는 변화가 없었고, 수민이의 노력과는 달리 큰 결실을 보지 못한 것입니다.

그래서 수민이는 용정중학교에 입학하면 자신의 성격을 바꿔 보겠다고 다짐했다고 합니다. 용정중학교 학생이나 선생님들은 수민이를 처음 만나게 되고, 잘 알지 못하기 때문에 새로운 나의 모습을 보여 줄 수 있을 거라 생각했습니다. 내가 어떤 아이인지, 성격이 어떤지 아무도 모르기 때문에 더 쉽게 바꿀 수 있을 거라고 생각하고 자신의 모습을 숨긴 채 밝고 명랑한 척 생활해 왔던 것입니다. 그동안 수민이의 겉으로 보이는 모습만으로 수민이를 판단해 왔지, 정작 그 속사정에 대해서는 보려고 하지 않았습니다. 으레 잘 생활하겠거니 생각했던 것은 수민이의 이면을 보지 못했던 저만의 생각이었던 것입니다.

수민이와 대화 이후 보이지 않던 것들이 보이기 시작했습니다. 그동안 수민이의 보이는 면만을 봐 왔다면 이제는 수민이를 보게 되었습니다. 복도를 지나칠 때 무심코 지나칠 수 있음에도 수민이를 한 번 더 불러 보게 되고, 기존에는 관심 밖이었을 작은 행동에도 눈이 갔습니다. 어릴 적 집에 과자를 숨겨 두고 학교에 갔을 때, 과자가 나를 잘 기다리고 있을지를 하루 종일 생각했던 것처럼 수민이의 하루가 궁금해지기 시작했습니다. 수민이라는 나무를 봐 왔다면 이제는 바람에 흔들거리는 나뭇잎의 작은 움직임이 느껴집니다. 졸업을 한 지금 곁엔 없지만 생활의 힘듦이 얼굴에 배어 나오지 않도록 스스로를 변화시키기 위해 노력했던, 하지만 마음속으로는 누구보다 힘겨웠을 수민이가 못 견디게 보고 싶어질 때가 있습니다.

봐야만 보입니다

　아이들을 제대로 이해하려면 시인이 되어야 한다는 말 들어 보셨나요? 시인이 사소한 부분이나 작은 행동 하나하나에도 의미를 부여하고 생명을 불어넣듯이 아이들의 참된 모습을 보기 위해서는 끊임없이 살펴보고 마음에 담아야 하며 전해야 한다는 말입니다.

> 소낙비는 오지요
> 소는 뛰지요
> 바작에 풀은 허물어지지요
> 설사는 났지요
> 허리끈은 안 풀어지지요
> 들판에 사람들은 많지요
>
> 　　　　　　　　　　　　　　 - 김용택, 「이 바쁜데 웬 설사」

174

우리가 잘 알고 있는 김용택 시인의 시입니다. '뜬금없이 웬 설사와 관련된 시냐?'라고 물을 수도 있지만, 사물이나 현상에 대한 김용택 시인의 세심한 관찰의 깊이를 짐작할 수 있기 때문입니다. '피식' 하고 웃음을 유발하기도 하지만 시인의 관찰의 깊이를 느낄 수 있는 시이기도 합니다. 김용택 시인은 한 언론 인터뷰에서 "시를 쓰는 방법을 가르치면 안 된다. 시를 쓸 때 중요한 것은 자세히 관찰하는 일"이라고 설명했습니다. 이는 사람을 대함에서도 마찬가지 아닐까요? 상대방에 대한 깊은 이해와 인정이 담긴 말이 '보다(see)'라는 말이 아닐까 생각합니다. 10대들에게 '청소년기는 힘든 시기이자 잘 헤쳐 나가야 하는 시기이다'라고 말을 하지만 정작 그들의 힘듦을 깊이 들여다보려고 하지 않았을 수도 있습니다. 계속해서 말씀드리지만 봐야 보이는데 말입니다. 그리고 바라본다는 것은 그다지 멀리 있지도 않고 많은 수고로움을 필요로 하는 것도 아닙니다.

"시험 시간에 웃은 건 처음이에요"

예전에 한 학생이 찾아와 어려움을 호소한 적이 있었습니다. 이유는 시험이 너무나 큰 스트레스로 다가온다는 것이었습니다. 준비하는 과정의 힘듦보다 시험 시간에 느끼는 압박감이 그 학생에게는 너무나 큰 고통이었을 것입니다. 충분히 공감이 되는 부분이었습니다. 중고등학교 시절의 시험 시간을 떠올려 보십시오. 시험 그 자체가 압박이었고 시험이 시작되는 순간 쥐 죽은 듯이 조용해지는 침묵이 더욱 우리를 긴장하게 만들었습니다. 실수로 볼펜을 바닥에 떨어뜨리는 소리, 시계의 초침이 돌아가는 소리도 크게 들릴 정도로 적막합니다.

그런데도 우리는 시험 시간이기 때문에 그러한 분위기가 당연하다고만 생각해 왔습니다. 그 학생의 이야기를 듣고 의문이 들었습니다. 왜 시험 시간은 극도의 긴장감이 조성되어야 할까요? 부정행위만 일어나지 않는다면 시험 시간에 아이들이 조금은 긴장 감을 풀고 즐겁게 평가에 참여할 수는 없을까요?

너무나 당연하게 생각했던 것에 의문을 품으니 보이기 시작했습니다. 왜 시험 시간이 힘든지, 어떻게 하면 조금이나마 압박감을 해소할 수 있을지를 말입니다. 그래서 우선 시험 문제를 기존의 딱딱함에서 벗어나 아이들 특성을 반영한 시험 문제로 바꿔 보자는 생각에 이르게 되었습니다.

다음 밑줄 친 말에 해당하는 한자의 쓰임이 바르지 못한 것은?

① 아침에 **일어난**(起) 세희는 머리를 감으려고 거울을 보다 자신이 왕멍과 닮았음을 알고 너무 놀라 자신도 모르게 "니하오마"를 외쳤다.

② **서로**(相)에 대한 믿음을 가장 중시하는 현민이와 종휘는 새벽 4시에 기숙사 옥상에서 만나 브레이크 댄스를 추었다.

③ 서로 **돕고**(協) 사는 아름다운 세상을 꿈꾸던 영인이는 할머니의 지팡이를 들어 드렸다.

④ TV에서 만화영화를 보던 민솔이는 지구를 **구하기**(求) 위해 필사적으로 뽀로로와 싸웠다.

⑤ 평소 **노래**(唱)를 부르는 것을 좋아하던 하누리는 '나는 가수다'에 출연하여 용정중 교가를 불러 심사위원들의 극찬을 받았다.

중학교 2학년을 대상으로 기말고사에 출제한 한문 시험 문제입니다. 한문은 아이들이 그다지 좋아하지 않는 과목이기도 하고, 시험 문제도 딱딱한지라 한문 시험 시간의 분위기는 적막하다고 해도 과언이 아닐 정도입니다. 그래서 한문에서 변화를 줘야겠다고 생각했습니다. 시험에 아이들 이름을 넣게 되었고, 아이들의 특성을 문제 내에 반영하게 되었습니다.

아이들 반응은 의외로 굉장했습니다. 시험이 종료되고 나면 자신들의 점수에만 관심을 보였던 아이들이 시험이 끝나자마자 교무실로 달려와 "시험 시간에 웃은 건 처음이에요", "문제가 재미있어서 긴장감이 풀려 편하게 시험 볼 수 있었어요"라며 제 주위에서 왁자지껄 떠들어 댔습니다. 아주 작은 변화이지만 아이들은 생각보다 크게 받아들이고 있었습니다.

시험이 힘들다고 찾아와 어려움을 호소한 그 학생에게 시험 분위기에 적응할 수 있게 노력해 보라는 말로 위로하고 돌려보냈다면 작은 변화조차 일어나지 않았을지도 모릅니다. 그 학생의 그늘을 바라봤고, 어둠을 비추고자 했기에 시작된 변화인 것입니다.

떠올려 보면 10대들은 아주 작은 관심이나 바라봄에도 의외로 큰 반응을 보이거나 깊은 감동을 느낄 때가 많습니다. 3센티 짧아진 앞머리의 변화를 감지하여 그 변화를 칭찬해 주고, 어제와 달라진 옷차림의 변화를 알아봐 주고, 생일을 기억해 주고 함께 나누었던 지난 대화를 기억해 주는 것만으로도 충분합니다. 그것만으로도 10대들에겐 바라봐 주는 것이고 기억됨으로 받아들여집니다. 특히나 사람들로부터 상처를 받은 아이들은 한 사람의 작은 관심으로 인하여 이 세상이 각박하지만은 않다는 것을 경험하고 마음을 다잡을 수 있게 됩니다. 바라봄에서 관심이 시작되고, 그로 인해 세상의 온정이 전해집니다. 그 바라봄은 누구에게나 마찬가지겠지만 어두운 방을 비추는 희망의 빛이 될 수 있습니다.

"샘, 저는 누구게요?"

학생은 보여지는 존재이고 그 존재를 바라봐야 하는 존재가 바로 교사입니다. 숙명이라고 할 수 있을 만큼 그들에게 바라봄에 대한 요구는 끊임없이 계속됩니다. 하지만 교사들도 누군가 자신을 바라봐 주기를 간절히 원하고 있을지도 모릅니다. 학생들을 바라보고 관찰하고 기록하고 상담하는 것이 일상이지만 정작 교사들에 대한 바라봄은 부족합니다.

힘든 일과를 마치고 하루를 정리하며 문득 '과연 날 바라봐 주는 사람이 있을까?'라는 생각이 들 때가 있습니다. 내가 바라보는 학생들이 아니라 학생들이 바라보는 나는 어떤 사람일까에 대한 의문도 함께 말입니다. 나의 아픔이나 힘겨움을 바라봐 줄 누군가가 필요한 것입니다. 교사들의 아픔이나 힘겨움은 보통 학생들과의 관계에서 비롯되는 경우가 많습니다. 사람마다 다르겠지만 저의 경우에는 쌓여 가는 업무나 업무의 곤란도와 같이 일에 대한 스트레스보다는 아이들과의 갈등이나 서먹함 등으로 속상해하는 경우가 대부분입니다.

역으로 아픔의 치유 또한 아이들로부터 비롯됩니다. 아이들이 날 바라봐 주고 있다는 것을 느낄 때면 힘듦은 멀리 비켜설 때가 많습니다. "선생님, 괜찮아요? 안색이 안 좋아 보여요"라고 적힌 짧은 편지가 예쁘게 접혀 책상 위에 올려 있거나 "선생님 수업이 제일 재미있어요"라며 스쳐 지나가듯 아이들이 건넨 말들도 큰 힘이 됩니다. 가끔 주말 당직을 하고 있노라면 모르는 핸드폰 번호로 전화가 걸려 올 때가 있습니다. 대수롭지 않게 수신 거부를 하고 다시 업무에 집중하려고 하지만, 끊임없이 핸드폰 창이 번쩍거렸습니다. 의미 없이 핸드폰을 열었고, 당신이 내 업무를 방해했다는 강한 불만을 표출하듯 퉁명스레 '여보세요'를 내뱉었습니다.

"샘~ 샘샘샘! 저예요. 누군지 아시죠? 근데 샘 목소리가 왜 그래요? 어디 아파요? 요새 며칠 동안 기운이 없어 보이시던데 무슨 일 있으세요? 저희가 선생님 말 안 들어서 그래요? 아프면 안 되는데… 어쩌고 저쩌고."

핸드폰에서는 쉴 새 없이 제자들의 밝은 목소리가 쏟아져 나왔습니다.

"숨 좀 쉬고 얘기해라, 이놈들아."

그렇게 나의 제자들은 잠이 좀 덜 깬 듯한 몽롱한 내 정신에 얼음물을 가득 부어 줬습니다. 어느새 저의 목소리도 생기를 찾아 '깔깔깔, 호호호'.

"샘~ 잠깐만요. 다른 애 바꿔 드릴게요."

"샘, 저는 누구게요?"

정신없이 떠드는 아이들로 인해 전화를 끊고 나서도 한참을 멍하니 앉아 있었지만 얼굴만큼은 미소를 한가득 머금고 있었습니다. 주말에 단합대회를 한다며 펜션에 모인 아이들이 제가 생각나서 전화를 하자고 의견이 모아진 것입니다. 작은 핸드폰에서 울려 나오는 흥분된 아이들의 목소리를 들으며 아이들을 처음 만났을 때처럼 정신이 하나도 없었지만, 전화를 끊고 나서 차분하게 아이들의 목소리를 하나하나 다시 떠올리게 되었습니다. 무심한 듯 지나쳐 버린 하루하루 중에 아이들은 남모르게 날 바라보고 있었고, 나의 힘겨움을 마음에 담아 두고 있었구나 하는 생각에 마음 한구석이 따뜻해지는 것을 느낄 수 있었습니다. 그리고 마음 든든해짐을 느낍니다.

아이들과 처음 만났을 때를 생각해 보면 좋은 기억만 있는 것은 아닙니다. 학교를 때려치워야겠다는 생각이 들 만큼 말입니다. 원하지 않았던 학년과 업무를 맡기도 하고, 아이들은 예상치 못한 사고를 쳐서 머리 아픈 일을 만들어 주기도 합니다. 또한 아이들은 때로 흡연, 다툼, 땡땡이 등으로 매일 매일을 화려한 나날들로 채워 나갔습니다. 심지어 교실 유리창을 깨서 운동장에서 기합을 받은 아이들이 안쓰러워 먹을 것을 싸 들고 기숙사에 올라갔을 때, 몰래 라면을 끓여 먹으며 천진난만하게 '샘, 좀 드셔 보세요'라며 어이없는 웃음을 짓게 만들기도 합니다. 때로는 기대를 져 버리는 아이들이 미워서 '절대 마음 주지 않겠다'고 다짐했고, 제 기준에 조금이라도 어긋남이 있으면 무조건 혼내고 엄하게 아이들을 대할 때도 있었습니다.

그러다 제가 아이들에게 다정하게 대하건, 엄하고 매정하게 대하건 아이들은 언제나 날 바라보고 있다는 생각에 저 역시 그 아이들을 바라보게 되었고, 한 걸음 더 다가설 용기를 낼 수 있었습니다. 엄마가 항상 나를 잘 바라봐 주고 있는지 뒤돌아보는 세 살짜리 아이처럼, 그저 엄마가 좋아 방긋 웃으며 엄마 품을 파고드는 꼬마 아이처럼, 아이들은 저를 그렇게 바라봐 줬고 아이들 또한 저에게 그런 존재가 되었습니다. 돌이켜 생각해 보면 이 아이들만큼 지독히 미워하면서도 염려했던 아이들은 없었던 것 같습니다. 그것은 서로를 바라봤기 때문 아닐까요? 우린 그렇게 서로를 바라보게 됐습니다.

짝사랑의 참 의미

날려 보내기 위해 새들을 키웁니다

아이들이 저희를 사랑하게 해 주십시오

당신께서 저희를 사랑하듯

저희가 아이들을 사랑하듯

아이들이 저희를 사랑하게 해 주십시오

저희가 당신께 그러하듯

아이들을 아끼고 소중히 여기며

거짓없이 가르칠 수 있는 힘을 주십시오

아이들이 있음으로 해서

아이들이 용기와 희망을 잃지 않게 해 주십시오

힘차게 나는 날개짓을 가르치고

세상을 올곧게 보는 눈을 갖게 하고

이윽고 그들이

하늘 너머 날아가고 난 뒤

오래도록 비어 있는 풍경을 바라보다

그 풍경을 지우고 다시 채우는 일로

평생을 살고 싶습니다

아이들이 서로 사랑할 수 있는 나이가 될 때까지

저희를 사랑하게 해 주십시오

저희가 더더욱 아이들을 사랑할 수 있게 해 주십시오

　　　　　－도종환, 『접시꽃 당신』(실천문학사, 2011)

　교사는 아이들을 짝사랑해야 한다고들 말합니다. 도종환 시인의 말처럼 날려 보내기 위해 새들을 키우는 것인지도 모릅니다. 교사들은 열정을 다해 아이들을 대하지만 그 마음을 비켜 가듯 번번이 아이들은 어긋나기도 하고, 열정의 크기만큼이나 좌절은 더 크게 다가오곤 합니다. 그래서 아이들에게 나누어 준 사랑이 다시 돌아오지 않더라도 그것으로 충분하다고 받아들이기도 합니다. 하지만 시간이 지나면서 아이들을 향한 짝사랑의 참 의미를 알아 가는 것 같습니다. 진심으로 아이들을 바라본다면 아이들도 진심을 다해 나를 바라보고 대답해 준다는 것을 말입니다.

　그리고 상대를 향한 진심 어린 눈빛은 나를 변화시키기도 합니다. 상대를 바라볼 때 나에게 일어나는 작은 변화들에 관한 〈EBS 지식채널 e〉의 이야기가 있어 소개합니다. 2003년, 미시건 대학에서 5년에 걸쳐 423쌍의 장수 부부들의 장수 비결을 조사하던 중 찾아낸 공통점이 있었습니다.

그들은 정기적으로 몸이 불편하거나 가족이 없는 사람들을 방문하여 봉사활동을 하고 있었습니다. 인터뷰에 응한 봉사자들은 "그냥 기분이 좋아진다", "그냥 마음이 편해진다"고 말했지만 사실 그냥이 그냥이 아니었습니다. 남의 어려움을 바라보고 도움을 주었을 때의 심리적 포만감인 헬퍼스 하이(Helper's High)의 영향으로 혈압과 콜레스테롤 수치 하락, 엔도르핀은 정상치의 3배 이상 상승, 타액 속 바이러스와 싸우는 면역항체(Ig A)가 상승하는 등 진정한 바라봄과 나눔은 봉사자 자신의 건강에도 유익하다는 놀라운 연구 결과가 나왔습니다. 결국 인간은 더불어 살 때 행복한 도덕적, 사회적 존재이고, 도덕적인 사람은 늘 손해 보고 당하기만 한다는 사회적 통념을 유쾌하게 뒤집고, 이타적인 삶이야말로 자신을 건강하고 행복하게 이끄는 것임을 보여 준 사례입니다.[4]

4_ 상대에게 도움을 줄 때 내게 일어나는 작은 변화들(EBS 동영상).

바라봄의 법칙

한 젊은 병사와 결혼해서 사막에서 살게 된 여인이 있었습니다.

그러나 사막의 황량함과 외로움을 견디지 못한 그녀는
마침내 친정어머니에게 편지를 보냈습니다.
"어머니, 저는 집으로 돌아가고 싶습니다.
이 메마른 사막이 너무도 싫습니다.
이곳은 사람이 살기에 끔찍한 지역이랍니다."

그녀의 어머니에게 다음과 같은 아주 짧은 답장이 왔습니다.
"두 사람이 감옥의 철창을 바라보고 있었다.
한 사람은 진흙을 보았고 한 사람은 별을 보았단다."
어머니가 보내 주신 글의 의미를 깨닫게 된 그녀는

진흙이 아닌 별을 찾기로 했습니다.

그녀는 사막의 꽃인 선인장에 대해 연구하기 시작했고, 그 근처 인디언의 말과 풍습과 전통을 연구했습니다.

그 결과 그녀는 사막에 관한 전문가가 되어 좋은 책을 쓰게 되었다고 합니다.

바라봄에는 법칙이 있다고 합니다. 같은 것을 보더라도 어떻게 바라보느냐에 따라 보이는 것은 다르다는 것입니다. 동일한 대상을 바라보더라도 바라보는 이의 관심사나 마음가짐에 따라 전혀 다르게 볼 수 있습니다. 바라봄을 통해 우리가 너무 쉽게 생각해왔던 가족과 내 주변의 것들을 그동안 어떻게 바라봤는지 다시 생각해 보는 계기가 되길 바랍니다. 눈여겨보는 것은 바라보는 것의 다른 이름이고, 알고자 하며 바라볼 때 눈여겨보게 되고, 눈여겨볼 때 알아보게 되는 것입니다.

'MISSIO'의 〈I See You〉라는 노래의 일부분입니다. '나는 오늘 누구를, 무엇을 바라보고 있는가? 그리고 내일은 무엇을 바라볼 것인가?'를 항상 되뇌이며 모두가 앞만 보고 열심히 달려가는 요즘, 옆도 돌아보며 서로 관심을 가지는 여유를 가질 수 있기를 기대해 봅니다.

I see you when you're down and depressed, just a mess

내겐 보여요. 당신이 기분이 다운됐거나, 우울한 게, 그리고 엉
망인 게

I see you when you cry, when you're shy, when you
wanna die
내겐 보여요. 당신이 우는 게, 당신이 움츠러드는 게, 당신이 죽
고 싶어 하는 게

I see you when you smile, it takes a while, at least you'
re here
내겐 보여요. 당신이 미소 짓는 게. 그건 시간이 걸리긴 하지만
적어도 당신이 여기에 있잖아요.

I see you, yes, I see you
내겐 보여요. 그래요. 내겐 보여요.

I'm alone with you, you're alone with me
난 당신과 단둘이 함께 있어요. 당신도 나와 단둘이 함께 있죠.

I see you when you hide, and when you lie, it's no
surprise
내겐 보여요. 당신이 감추는 게, 당신이 거짓말하는 게, 그건 놀

랍지도 않죠.

I see you when you run from the lie within your eyes
내겐 보여요. 당신 눈 속에 있는 그 거짓으로부터 달아나는 게

(I see you) When you think that I don't notice all those scars
(내겐 보여요.) 그 모든 상처들을 내가 알아채지 못할 거라고 당신
이 생각하는 게

I see you, yes, I see you
내겐 보여요. 그래요. 내겐 보여요.

I'm alone with you, you're alone with me
난 당신과 단둘이 함께 있어요. 당신도 나와 단둘이 함께 있죠.

What a mess you've made of everything
당신은 모든 일들을 엉망으로 만들죠.

I'm alone with you, you're alone with me
난 당신과 단둘이 함께 있어요. 당신도 나와 단둘이 함께 있죠.

And I'm hoping that you will see yourself

난 당신이 스스로를 보게 되기를 바라네요.

Like I see you
당신이 내게 보이는 것처럼

Yes, I see you
그래요. 내겐 보여요.

누군가를 바라보고 마음을 기울이기 시작하면 그제야 비로소 다른 사람과 구별되는 특별한 모습이 눈에 들어온다고 합니다. 그리고 그 사람의 뒷모습까지도 보이기 시작한다고 합니다. 서로의 뒷모습까지 바라봐 주고 말없이 손잡을 수 있는 동행의 시간이 우리에겐 필요합니다.

6장

키를 맞추다

아래에 서다

아이들은 10대 시절에 부쩍이나 키가 자랍니다. 중학생임에도 3학년쯤 되면 선생님의 키를 훌쩍 뛰어넘는 아이들이 상당수일 정도로 성장은 가파르게 이루어집니다. 가끔은 무섭다고 생각이 될 정도로 말입니다. 하지만 아무리 키가 큰 아이라도 작아질 때가 있습니다. 바로 수업에 참여할 때입니다. 각자의 자리에 앉아 책을 펴고 수업에 참여하는 아이들은 평소와는 달리 분명 작아져 있습니다.

그래서일까요? 수업에서 아이들은 작은 존재로 비치는 듯합니다. 가르침을 받아야 할 대상이지, 교사와 동등한 존재로 받아들여지지는 않는 것 같습니다.

그래도 지금은 예전에 비해 조금은 나아 보입니다. 칠판 밑에 자리 잡고 있던 교단이 사라진 지금, 아이들과의 눈높이는 어느 정도 맞춰졌으니까요. 예전에 교단이 있을 때만 하더라도 교사는 아이들을 내려다볼 수밖에 없었고, 아이들은 고개를 들어 선생님을 올려다봐야 했으니 수직관계가 수업 내에 엄연히 존재했습니다. 교사와 학생의 관계에서 수직관계는 분명 필요합니다. 반항기 넘치고 틀에 얽매이기 싫어하는 아이들에게 수업의 원활함을 위해서나 예절교육을 비롯한 생활지도를 위해선 필요한 부분입니다. 하지만 수직관계를 바탕으로 한 아이들에 대한 이해의 깊이는 얕을 수밖에 없습니다. 위에서 내려다볼 때 결코 다른 사람을 이해하기는 어렵습니다. '이해한다'는 의미의 'understand'는 문자 그대로 '아래에 서다'는 것입니다. 아래에 서진 않더라도 최소한 눈높이를 맞춰야 비로소 상대방이 보이고 이해할 수 있는 시야가 생긴다는 뜻이겠지요.

보통 누군가를 이해하려고 할 때 같은 눈높이에서 바라보기보다는 거만한 눈길로 상대방을 내려다보는 경우가 많습니다. 그리고 이해가 안 되면 자신의 잣대로 상대방을 멋대로 판단해 버리곤 합니다. 이것은 사람마다 서 있는 지점이 다르기 때문일 것입니다. 똑같은 지점에 위치하고 있는 사람은 아무도 없습니다. 똑같은 위치에 있지 않다는 것은 사람이 사물을 바라볼 때 다 다르게 보고 있다는 것을 의미합니다. 이것이 시각차이고 관점의 차이입니다.

하지만 상대의 입장으로 자기감정을 이입시켜서 투영할 수 있는 능력이 사람에게는 있습니다. 이를 위해 필요한 것이 눈높이를 맞추는 것입니다. 오히려 눈높이를 낮춰서 상대방을 올려다보고 이야기할 때 상대방을 이해하는 폭이 넓어집니다. 한 걸음 아래로 내려갔을 때 시야는 더욱 넓어지게 되는 것입니다. 눈높이를 낮추면 보지 못했던 많은 것들이 보입니다. 낮은 곳에서 세상을 올려다보는 꽃들의 눈높이까지 자신을 낮추면 그동안 보지 못했던 것들이 시야에 들어오게 되는 것입니다. 매일 다니는 길이라 할지라도 전혀 다른 새로운 길이 됩니다. 그리곤 깨닫게 되는 듯합니다. 꽃들은 항상 이렇게 낮은 곳에서 세상을 아름답게 바라보고 있었다는 것을 말입니다.

낮은 곳에서 바라보는 꽃들을 만났을 때와 달리, 만나면 부담스러운 사람도 있습니다. 외모나 인상과는 상관없이 상대방을 지적하거나 비난하는 것이 습관화되어 있거나, 어떤 말을 하더라도 상대방을 가르치려 드는 사람이 바로 그런 사람입니다. 그 사람의 지위가 아무리 높고, 풍부한 지식을 갖추고 있다 하더라도 그 사람과는 거리를 두게 되는 것 같습니다. 또한 그다지 중요하지 않은 일에 대해 고집을 부리거나 자기주장을 강하게 내세우는 사람도 가까이하긴 쉽지 않습니다. 다른 사람을 가르치려 들거나 고집 부리고 자기주장을 강하게 내세우는 사람들은 논쟁에서 이길지는 모르겠으나 타인에 대한 이해와 공감 능력은 부족할 수밖에 없습니다.

낮은 곳에 위치해 봐야 알게 되는 것들에 대해 그들이 알기는 쉽지 않습니다. 사람과 사람 간의 관계는 눈 맞춤에서부터 시작되는데, 그 시작부터가 어긋나 버린다면 서로에 대한 이해의 지점에 도달하는 것은 어려울 것입니다.

화광동진의 철학

　노자는『도덕경』에서 "자신의 날카로운 빛을 감추고 온화한 분위기로 상대방의 눈높이에 맞춰 자세를 낮추라"고 제안하고 있습니다. 일명 '화광동진(和光同塵)'의 철학입니다. 여기서 화(和)는 '온화하게 조절하라'는 뜻이고, 광(光)은 자신이 가진 '광채'와 '재능'을 말합니다. 진(塵)은 '티끌'이라는 뜻으로, '속세'를 의미하기도 합니다. 따라서 '화광동진'은 상대방을 정확히 분석하고 내가 가진 빛과 재능을 잘 조절해 상대방의 눈높이에 나를 맞춘다는 눈높이 철학입니다. "내가 가지고 있는 빛이 아무리 밝고 화려하더라도, 상대방을 배려하는 마음으로 다가갈 때 오히려 내가 더욱 빛날 수 있다"는 노자의 역발상 철학인 것이죠.

　조직의 리더가 회의 시간에 자신의 주장만 일방적으로 말하고, 다른 사람들에겐 말할 기회조차 주지 않을 때가 있습니다. 그러면 리더의 주장이 아무리 옳다 하더라도 그 생각이 물처럼 자연스럽게 스며들기는 쉽지 않습니다. 오히려 상대방의 말에 귀 기울이고, 자연스럽게 내 의도에 맞게 흘러갈 수 있도록 분위기를 맞추는 것이 화광동진 철학의 한 방편인 것입니다.

노자는 『도덕경』에서 리더의 화광동진 철학을 이렇게 설명합니다.

"진정 아는 사람은 말이 없다(知者不言). 말이 많은 자는 정말 아는 자가 아니다(言者不知). 당신의 입을 닫아라(塞其兌). 당신의 그 머릿속의 의도를 닫아라(閉其門). 당신의 그 날카로움을 버려야 한다(挫其銳). 당신의 그 현란한 말을 쉽게 풀어야 한다(解其紛). 당신의 그 빛나는 광채를 줄여라(和其光). 그리고 당신 앞에 있는 상대방의 눈높이에 맞춰라(同其塵). 이런 사람이 진정 '현동(玄同)'의 철학을 가진 사람이다(是謂玄同)."

현동은 리더가 자신의 주장과 광채를 줄여 상대방이 스스로 동화되게 만드는 철학입니다.

화광동진은 불교에서 부처가 해탈한 자신의 본색을 감추고 속세의 중생을 제도하기 위해 쉽게 불법을 설파하는 것으로 해석되기도 합니다. 자신의 빛을 감추고 그저 속세에 동화돼 한세상 살라는 의미로 난세에 지식인들이 사는 철학이 되기도 했습니다. 청나라의 정판교(鄭板橋)라는 지식인은 '난득호도(難得糊塗)'를 삶의 철학으로 삼았습니다. 난득호도는 '똑똑한 사람이 어리석은 사람처럼 보이며 살기는 힘들다'는 뜻으로, 그는 자신의 시에 이렇게 읊었습니다.

> "총명해 보이기도 어렵지만(聰明難), 어리석은 사람처럼 보이
> 기도 어렵다(糊塗難). 그러나 총명한데 바보처럼 보이기는 더욱
> 어렵다(由聰明而轉入糊塗更難). 내 고집을 내려놓고 일보 뒤로 물러
> 나면(放一着退一步) 하는 일마다 마음이 편할 것이다(當下心安). 그
> 러면 의도하지 않아도 나중에 복이 올 것이다(非圖後來福報也)."
>
> —박재희, 민족문화콘텐츠연구원장

눈높이를 맞추는 것이 어려운 일이지만 꼭 필요한 것임을 노자
는 도덕경에서 이야기하고 있습니다. 세상에는 총명하고 혜안을
가진 사람이 많지만 그 총명을 조절해 세속의 눈높이에 맞추고 사
는 '화광동진'의 철학을 지닌 사람은 그리 많지 않아 보입니다. 자
신의 주장과 광채를 줄이는 것이 상대방과 동화되는 길이자 결국
은 자기 자신을 빛나게 하는 것임을 알아야 할 것입니다. 맹사성
과 무명선사의 이야기를 통해서도 눈높이를 낮추고 고개를 숙이
는 것이 타인뿐만 아니라 자신을 빛나게 하는 일임을 알 수 있습
니다.

조선 초 열아홉의 어린 나이에 장원 급제를 하여 스무살에 경기
도 파주군수가 된 맹사성은 자만심으로 가득차 있었습니다. 맹사
성이 어느 날 무명선사를 찾아가 물었습니다.

"스님이 생각하기에 이 고을을 다스리는 사람으로서 내가 최고로 삼아야 할 좌우명이 무엇이라고 생각하오?"

그러자 무명선사가 대답하길,

"그건 어렵지 않지요. 나쁜 일을 하지 말고 착한 일을 많이 하시면 됩니다."

"그런 건 삼척동자도 다 아는 이치인데 먼 길을 온 내게 해 줄 말이 고작 그것뿐이오?"

맹사성은 거만하게 말하며 자리에서 일어나려 했습니다. 그러자 무명선사가 녹차나 한잔하고 가라며 붙잡았습니다. 그는 못 이기는 척 자리에 앉았습니다.

그런데 스님은 찻물이 넘치도록 그의 찻잔에 자꾸만 차를 따르는 것이었습니다.

"스님! 찻물이 넘쳐 방바닥을 적십니다."

맹사성이 소리쳤습니다. 하지만 스님은 태연하게 계속 찻잔이 넘치도록 차를 따르고 있었습니다. 그러고는 잔뜩 화가 나 있는 맹사성을 물끄러미 쳐다보며 말했습니다.

"찻물이 넘쳐 방바닥을 적시는 것은 알고, 지식이 넘쳐 인품을 망치는 것은 어찌 모르십니까?"

스님의 이 한마디에 맹사성은 부끄러움으로 얼굴이 붉어졌고 황급히 일어나 방문을 열고 나가려고 했습니다. 그런데 나가다가 문에 머리를 세게 부딪치고 말았습니다. 그러자 스님이 빙그레 웃으며 말했습니다.

"고개를 숙이면 부딪치는 법이 없습니다!"

-박천동, 『고개를 숙이면 부딪치는 법이 없습니다』(한올, 2017)

겸손하게 한 번 숙이고 또 숙이고 양손을 먼저 내밀면 더 많은 걸 얻을 수 있다는 것입니다. 하지만 맹사성의 이야기와 '화광동진'의 '내가 가지고 있는 빛이 아무리 밝고 화려하더라도, 상대방을 배려하는 마음으로 다가갈 때 오히려 내가 더욱 빛날 수 있다'는 구절은 리더로서 갖추어야 할 자질이 아닌 상대방을 이해하기 위한 방편으로 저에게 깊숙이 다가왔습니다.

아이들과의 생활은 마치 동네 놀이터에서 흔하게 볼 수 있는 시소를 타는 것과 닮아 있다는 점입니다. 한쪽이 내려가면 다른 한쪽은 올라가야 하고, 혹은 그 반대가 되어야 하는 시소처럼 학생과 교사는 같은 높이에서 서로를 바라보기 어려운 관계처럼 인식되어 왔을지 모릅니다. 어쩌면 우리가 놀이터에서 뛰어놀던 어린 시절부터 이러한 경쟁의 논리를 알게 모르게 배웠을지도 모릅니다. 하지만 서로가 앉는 위치를 조정하다 보면 균형을 맞추게 되고, 같은 눈높이에서 서로를 바라볼 수 있게 되는 것입니다. 물론 앉는 위치는 서로에 대한 이해의 정도에서 비롯되는 것입니다. 일방적으로 한쪽이 올라가거나 내려가지 않고 양쪽이 균형을 맞춘다면 서로를 마주 보게 될 것입니다.

한편으로는 시소의 이편에 앉아 있는 내가 내려가면 맞은편에 앉아 있는 상대방은 더 높이 올라갈 수 있다는 생각도 해 봅니다.

상대방이 빛을 발할 수 있도록 늘 자신을 낮추고, 상대방을 밀어 올려주는 것이야말로 시소가 위아래로 움직이는 진짜 이유 아닐까요? 끊임없이 위아래로 움직여야 하는 시소를 바라보며, 함께 살아가야 할 운명으로 만난 교사와 학생의 관계도 마찬가지라는 생각을 하게 됩니다.

지식의 저주

교직 생활을 처음 시작하고 한동안은 아이들의 눈높이에서 바라본 적이 드물었던 것 같습니다. 또한 아이들 감정을 이해하기 위한 노력도 부족했습니다. 늘 아이들은 저를 올려다봐야 했고, 저는 아이들을 내려다보며 그들과 소통하기보다는 강요와 지시로 일관했습니다. 그것이 아이들을 위한 일이라 생각했고, 애정을 표현하는 저만의 방식이라고 여겼기 때문입니다. 아이들이 거부하거나 입을 삐쭉 내밀고 있으면 저의 표현방식이나 교육관을 이해하지 못하는 것쯤으로 치부해 버렸습니다.

그러다 문득 자리에 앉아 업무를 보던 와중에 극도로 외로움을 느낀 적이 있습니다. 특성화 중학교의 특성이라고 할 수도 있겠지만, 쉬는 시간만 되면 많은 아이들이 교무실로 달려와 선생님들 옆에 쭈그리고 앉아 재잘재잘 다정하게 이야기를 하거나, 업무에 지친 선생님들의 어깨를 두드려 주는 등 교무실 곳곳에서 사제 간의 정을 나누는 장면을 볼 수 있습니다. 정겹게 보이기도 하고, 때론 시장처럼 와글와글 소란스럽게 보이기도 합니다. 그날도 상당수의 아이들이 교무실 곳곳에서 선생님들과 담소를 나누거나 즐겁게 웃으며 떠들고 있었지만 제 주위에는 아무도 없었습니다. 심지어 제 옆자리 선생님에게 다가오던 아이가 저를 피해 일부러 먼 곳으로 돌아가기까지 했습니다. 평소 같았으면 아무렇지도 않았을 상황이지만 화기애애함 속에 드리워진 혼자만의 그늘이 그날은 참 모질게 느껴졌습니다.

저에게 다가오지 않는 아이들을 보며 '나는 아이들을 가르치는 일에 적합하지 않은 존재인가'라는 회의감이 들기도 했습니다. 하지만 아이들의 눈높이에 맞추면 아이들을 이해하게 되는 것은 물론이고, 제 삶도 행복해진다는 것을 알아 가게 되었습니다. 또한 나를 낮추고 상대방의 이야기를 들을 준비가 되었을 때 아이들은 다가온다는 것도 말입니다. 특별한 계기가 있었던 것은 아닙니다. 한 선생님의 수업을 참관하고 나서 작지만 변화가 시작되었습니다.

교직에 들어온 첫해에 같은 국어과 선생님의 수업을 참관한 적이 있습니다. 평소 많은 가르침을 주셨던 존경하던 선생님의 수업이기도 했고, 학교에 온 이후 처음으로 참관하는 수업이라서 많은 것을 보고 배워야겠다는 생각에 선생님의 사소한 행동이나 수업 방식 하나하나를 모두 메모하면서 수업을 참관하고 있었습니다.

그런데 수업이 진행될수록 수업 방식이나 수업에 참여하는 아이들의 태도보다 제 눈을 사로잡는 한 가지가 있었습니다. 바로 선생님이 아이들과 대화하는 방식이었습니다. 수업 중 모둠활동을 하거나 개인별 지도를 할 때 아이 옆에 다가가 무릎을 꿇고 아이와 같은 눈높이에서 대화를 나누는 장면은 신선함 그 자체였습니다. 아이와의 대화를 위해 무릎을 꿇고 눈을 맞추며 정겹게 대화하는 장면은 시간이 한참이나 지난 지금도 머릿속에 깊이 박혀 있습니다.

아이 옆에 다가가긴 하나 위에서 아래로 내려다보며 이야기를 나누었던 저의 모습과는 상당 부분 달랐기에 더 크게 다가온 듯합니다. 그리고 아이들의 눈높이를 고려하지 않고 수업 시간에 많은 것을 가르치려는 욕심으로 아이들에겐 전달되지도 않을 지식을 내 방식만 고집하며 전달하고 있었던 것은 아닌지, 아이들 사이에서 실제적인 배움이 일어났을지 등에 대해 의문이 들었습니다. 잘 설명하면 잘 받아들일 것이라고만 생각해 왔던 것입니다.

내 머릿속에 지식이 들어 있다고 해서 상대방 머리에도 똑같은 지식이 들어 있는 것은 아니다. 제대로 전달하려면 눈높이를 맞춰야 한다. 이를 두고 일명 '지식의 저주'라고 한다. 이는 자기 분야를 잘 아는 사람이 그 분야의 용어나 개념을 잘 모르는 소비자의 상태를 잘 헤아리지 못하는 상황을 의미한다. 우리는 '지식의 저주' 때문에 실은 고객에게 전달되지 않고 있음에도 불구하고 전달되고 있을 거라는 착각 속에 살고 있다.

– 장문정,『한마디면 충분하다』(쌤앤파커스, 2017)

교사로서 '지식의 저주'라는 말에 깊이 공감합니다. 많이 안다고 설명을 잘하는 게 결코 아닙니다. 상대의 눈높이에 맞춰 알기 쉽고 재미있게 설명할 줄 알아야 합니다. 알기만 알고 전달하는 데 실패하면 시끄러운 꽹과리 소리에 불과합니다.

수업을 참관하고 난 후부터 보이기 시작한 것들이 있습니다. 엄밀히 말하면 보려고 노력했습니다. 수업에서뿐만 아니라 학교생활 전반에서 그 선생님이 아이들을 대하는 방식을 말입니다. 그 선생님이 아이들과 마주쳤을 때 대화를 나누는 방식이나, 아이가 실수나 잘못을 저질렀을 때 그 마음을 안아 주는 말투 등 눈높이를 맞춰 아이들을 보기 위해 부단히도 애를 쓰고 계셨습니다. 또한 아이들의 관심사에 진심으로 공감해 주고, 영혼이 담기지 않은 형식적인 리액션이 아닌 마음을 담은 목소리를 들려주고 계셨습니다. '아이와 눈높이를 맞추다 보면 그 마음이 이해가 되고 나아가 아이와 함께 마음을 나눌 수 있습니다'라는 그 선생님의 말을 지금도 제 마음속에서 되뇌며 아이들과 눈높이를 맞춰 가고 있습니다.

목수와 말할 때는 목수의 말을 사용하라!

소크라테스는 '목수와 말할 때는 목수의 말을 사용하라'고 가르쳤다고 합니다. 소통은 받아들이는 사람의 말을 사용하지 않으면 이루어지지 않는다고 생각한 것이죠. 또한 받아들이는 이의 경험에 바탕을 둔 언어를 사용하지 않으면 안 되는 것입니다. 그리고 아이들만의 언어나 신호가 존재합니다. 작은 몸짓, 표정, 눈빛 등을 잘 살피고 마음에 담아 두어야 평소와 다른 신호를 보낼 때 바로 알아차릴 수 있습니다. 하지만 살피는 것만으로는 부족함이 있어 보입니다. 소크라테스의 말처럼 그들의 언어를 사용하고 그들의 눈높이에서 삶을 공유할 필요가 있습니다.

저에겐 7살 된 아이가 한 명 있습니다. 장난도 심해지고 고집도 무척이나 세지는 미운 7살이어서인지 아이에게 '하지 마'라는 말을 자주 하게 됩니다. 왜 그런 행동을 하는지를 먼저 알아봐 주기

전에, 보살핌을 이유로 자주 통제하게 되는 것 같습니다. 그런데 아이가 요즘 저에게 자주 하는 말이 있습니다. 바로 '아빠, 프랭크 피(P)가 몇인지 알아요?', '샌디가 새로 나왔어요' 등등 유치원에 다니기 시작하면서 친구들과 '브롤스타즈'라는 핸드폰 게임을 접하게 되었고, 그 게임에 푹 빠진 아이에겐 요즘 최고 관심사가 '브롤스타즈'라는 게임이었습니다. '브롤스타즈'는 30개가량의 '브롤러'라는 캐릭터를 다양한 맵에서 전투를 통해 키워 가는 방식으로 진행되는데, 아기자기한 그래픽과 구성으로 아이들이 흥미를 느끼게끔 만들어진 온라인 게임입니다. 처음엔 7살 아이가 벌써 핸드폰 게임을 한다는 이유로 금지시켰지만, 그 이후에도 아이는 기회만 있으면 어떤 브롤러가 좋다느니, 어떤 조합으로 하면 더 효과적인지 등에 관해 끊임없이 재잘거렸습니다.

어느 날 무엇이 아이의 마음을 사로잡았을까 궁금해졌습니다. 그래서 게임을 다운받아 설치를 하고 몇 번 전투를 치르고 나니 아이의 마음을 조금은 읽게 되었습니다. 캐릭터마다 특색 있는 외형과 스타일을 비롯해 박진감 넘치는 플레이가 시선을 사로잡기에 충분했습니다. 직접 몸소 경험해 보니 기존에 생소하게만 느껴지던 용어나 캐릭터명 등에 익숙해지게 되었고, 아이와의 대화가 재미있어지기 시작했습니다. "아빠가 오늘 '비비'(야구 방망이를 들고 있는 캐릭터) 얻었는데 이따 같이 게임해 보자"와 같이 게임이라는 매개체를 통해 아이와 대화하고 소통할 수 있는 계기가 만들어졌습니다. 아이도 게임의 세계에 혼자 빠져 들어가지 않고 가족과 함께 즐거운 시간을 보낼 수 있는 도구로 게임을 적당히 즐길 수 있게 되었습니다.

아이와 눈높이를 맞추면 꽹과리 소리처럼 들리던 아이의 언어가 즐거운 대화를 불러일으키기도 합니다. 제가 게임을 해 보지 않았을 때는 아이의 언어를 이해하기 어려웠고, 아이가 말했더라도 흘려듣고 무슨 말인지 잘 귀에 들어오지 않던 단어들이 관심 있게 들리기 시작했습니다. 또한 게임에 대해 알게 되니, 게임을 하는 시간이나 게임으로 인한 문제점에 대해 아이의 언어로 설득하니 아이도 훨씬 수월하게 받아들였습니다. 비록 게임이라는 매개체를 통해서였지만, 아이의 말에 귀를 기울이고 자연스럽게 저의 의도에 맞게 흘러갈 수 있도록 분위기를 유도할 수 있게 된 것은 노자가 말한 '화광동진'과 일면 맞닿아 있습니다.

아이의 언어로 대화하다 보면 아이에 대한 이해의 폭이 확대되는 것 이외에도, 아이의 잠재력은 아이의 눈높이에서 바라볼 때 보인다는 사실도 알아 가게 되는 것 같습니다. 어떤 분야에 관심을 보이는지, 무엇을 잘하는지 등 아이의 가능성과 숨은 능력을 발견하게 됩니다. 그리고 그것에 대한 진심 어린 공감은 아이를 더 잘하게, 더 행복하게 만드는 요인이 됩니다.

언어의 마법이라고 해야 할까요? 타지나 타국에서 같은 언어를 사용하는 사람을 만났을 때 동질감을 느끼는 것처럼 아이들의 언어를 받아들이고 이해하다 보면 어느 순간 같은 곳을 바라보게 되고, 아이들은 자신의 옆자리를 기꺼이 내어줄 것입니다. 하지만 우리 사회 전반적으로 10대들만큼 옆자리를 내어주는 것에 인색한 집단은 없다는 인식이 팽배합니다. 10대의 시기는 반항심도 생기고 또래 집단이 형성되기도 하며, 또한 범접하기 힘든 그들만의 영역을 구축하려 하기 때문이라고 애써 이유를 찾아내기도 합니다. 그래서일까요? 저는 사회가 10대들의 언어를 이해하려는 노력보다는 애써 외면해 버린다는 느낌을 받고 있습니다. 또한 그들이 전하는 눈빛, 표정, 몸짓 등 그들만의 간절한 언어를 사춘기나 질풍노도의 시기의 일상쯤으로 취급해 버리진 않았을지 말입니다. 10대들이 눈을 위로 치켜뜨면 반항으로 간주하여 나무라고, 눈을 아래로 내리깔면 건방지다는 이유로 혼을 냅니다. 중요한 것은 둘 다 아이의 눈높이를 고려하지 않았다는 것입니다. 그러니 당연히 아이를 올곧게 바라볼 수 없고 서로 간에 감정의 골은 깊어가게 됩니다.

"선생님이 너무 늦게 왔지?"

10대들과 눈높이를 맞추는 것이 어려울 수는 있습니다. 저 역시 아이들의 눈높이를 맞추기까지 상당한 시간이 소요되었습니다. 물론 아직도 같은 눈높이에서 바라보고 있는지 의문이긴 합니다. 하지만 한 가지 분명한 것은 눈높이를 맞췄을 때 가장 환호하고 열광하는 것이 10대들이라는 사실입니다. 그들 스스로 알고 있었는지도 모릅니다. 사람들이, 사회가 자신들을 바라보는 시선이 곱지 않다는 사실을 말입니다. 그래서인지 사소한 것이더라도 그들의 마음을 읽어 주고 작은 몸짓의 의미를 알아봐 주는 것만으로도 아이들은 닫혀 있던 마음을 열고는 합니다. 아이들은 자신들의 눈높이에서 바라봐 주고 자신들의 언어로 대화해 줄 누군가를 간절히 바랐을지도 모릅니다.

몇 년 전 3학년 학생의 행방이 묘연한 적이 있었습니다. 전교생이 기숙사 생활을 하다 보니, 저녁 8시 반에 모든 학생들이 모여 간식을 먹습니다. 이후에 자율학습을 하게 되는데, 전체가 모인 간식 시간에 그 학생의 모습이 보이지 않았던 것입니다. 처음엔 잠을 자다가 오지 못했거나, 공부에 집중하다 보니 시간 가는 줄 몰랐을 것이라 단순하게 생각했으나 학교 어디에도 그 학생은 보이지 않았습니다. 상황은 급박하게 돌아갔고 모든 선생님들이 인근의 강 주변이나 마을을 샅샅이 찾아보았으나 여전히 오리무중이었습니다.

순간 무서운 생각이 엄습했습니다. 당시엔 학교 주변에 CCTV도 설치되어 있지 않았던 터라 어디로 갔을지 종잡을 수 없었고, 혹시 아이에게 무슨 일이 일어난 것은 아닌지 불길한 생각마저 들었습니다. 다들 지쳐 갈 때쯤 혹시나 집에 가려고 나선 것은 아닐까 하는 마음에 터미널로 향했습니다. 터미널 어디에도 학생의 모습은 보이지 않았으나 학교와 터미널 간 거리가 있다 보니 터미널에 늦게 나타날 수도 있다는 생각에 차에 앉아 기다렸습니다.

10여 분 정도 지났을 무렵 어두운 길을 걸어 터미널로 들어오는 실루엣이 눈에 띄었습니다. 차 쪽으로 더 가까이 다가오기를 기다려 자세히 보니 저희가 찾던 그 학생이 고개를 푹 숙이고 걸어오고 있었습니다. 차에서 내려 학생의 이름을 부르자 화들짝 놀라 건물 안쪽으로 황급히 들어가 버렸습니다. 한걸음에 달려가 학생의 손을 잡으며 "선생님이 너무 늦게 왔지?"라고 말을 건넸습니다.

그러자 그 학생은 참아 왔던 울음을 터트리며 "왜 이렇게 늦게 왔어요?"라고 마음속 이야기를 꺼냈습니다. 아이는 시험을 비롯한 각종 수행평가가 이어지다 보니 여유를 찾기 어려웠고, 여기에 단짝 친구와의 갈등이 더해져 잠시나마 학교를 벗어나고 싶었다고 했습니다. 그래서 학교에서부터 1시간가량이나 되는 어두운 밤거리를 혼자 걸어서 터미널까지 왔던 것입니다. '얼마나 무서웠을까?', '얼마나 아팠을까?' 하는 생각에 저 역시 학교로 향하는 차 안에서 내내 눈물을 멈출 수가 없었습니다. 누군가 자신의 마음을 알아주기를 기다렸고, 먼저 손 내밀어 주기를 간절히 바랐을 그 아이에게 너무 늦게 손을 내밀지는 않았는지 자책하고 또 자책하며 말입니다. 왜 이렇게 늦었냐는 그 학생의 말이 더 가슴 아프게 다가온 것은 어쩌면 학생의 성격이 까칠하다는 이유로 마음에서 밀어내고 가능하면 그 아이와 부딪히지 않으려 외면해 버리기도 했던 저의 모습이 부끄러웠기 때문입니다. 그 학생이 보낸 간절한 눈빛, 표정, 행동 등을 눈높이를 맞춰 읽었더라면 혼자서 그 힘든 길을 걸어오지는 않았을 것입니다.

내리는 비를 함께 맞으며 걸어가라

가진 게 그리 많진 않아
어쩌면 많이 부족할지 몰라
가끔 나와 다투기도 하겠지만 음.

주위를 둘러보면 네게 나보다 좋은 사람 많겠지만
널 사랑하는 맘 난 그것만큼은 자신 있는걸.

내리는 비를 막아 줄 수는 없지만
비가 오면 항상 함께 맞아 줄게
힘든 일이 있어도 기쁜 일이 있어도 함께할게

물론 모든 걸 다 줄 수는 없지만

작은 행복에 미소 짓게 해 줄게

무슨 일이 있어도 너의 편이 돼 줄게 언제까지나

세상이 그리 쉽지 않아 몇 번씩 넘어지곤 할지 몰라

꼭 잡은 두 손만 놓치지 않고선 함께 가면 돼

내리는 비를 막아 줄 수는 없지만

비가 오면 항상 함께 맞아 줄게

힘든 일이 있어도 기쁜 일이 있어도 함께 할게

물론 모든 걸 다 줄 수는 없지만

작은 행복에 미소 짓게 해 줄게

무슨 일이 있어도 너의 편이 돼 줄게 언제까지나…

– 앨범 「Voice Of Heaven」(지아, 2007)

사랑에 관한 노래지만 저는 이 노래를 통해 선생님과 학생의 관계에 대해 생각해 봅니다. 비가 오면 우산을 씌워 주기보다 내리는 비를 함께 맞아 줄 수 있는 그 마음을 나눌 때, 함께 걸어갈 수 있습니다. 또한 함께할 때 보이는 것 같습니다. 그리고 그렇게 꼭 눈높이를 맞춰서 정면에서 바라봐 주세요. 그러면 그들의 눈빛, 표정, 몸짓으로 전하는 그들의 언어를 이해하게 되고, 그들의 언어로 대화할 때 가능성과 더불어 간절함까지 알게 됩니다.

　윌리엄 비얼(William C. Beall)의 '신념과 신뢰'라는 제목의 사진
으로, 퓰리처상을 수상한 작품입니다. 경찰관이 퍼레이드 중 도로
로 나온 아이에게 돌아가라고 타이르는 모습이 담겨 있습니다. 이
사진에서 따뜻함을 느낍니다. 퍼레이드 도중, 도로변으로 나온 천
진난만한 아이, 그리고 그 아이를 바로 안아서 이동시키지 않고
무릎에 손을 얹고 허리를 숙여 눈높이를 맞춘 경찰관, 그리고 그
뒤로 이 장면을 흐뭇하게 바라보고 있는 아저씨의 모습이 보는 사
람으로 하여금 웃음을 짓게 만드는 것 같습니다. 이 상황이 이토
록 아름답게 비칠 수 있었던 것은 경찰관의 눈높이 때문이 아닐까
요? 만약 경찰관이 급한 마음에 아이를 안고 밖으로 나갔다면 이

사진은 오히려 절박함으로 비칠 수 있었을 것입니다. 하지만 깊이 숙여진 허리만큼 우리들 마음속에도 깊은 울림이 전해집니다.

기타나 피아노 등의 악기의 음을 맞추어 고르는 것을 '키를 맞추다', 또는 '키를 조율하다'라고 합니다. 악기가 가진 음색을 아름답게 발산할 수 있도록 키를 맞추는 것처럼 아이들이 가진 각자의 개성과 능력을 발휘할 수 있도록 허리를 숙이고 무릎을 꿇어 키를 맞추는 것이 필요해 보입니다.

7장

메리 크리스마스를 꿈꾸다

유종의 미

학기 초에 교사들에게 나누어 주는 업무수첩을 받으면 항상 맨 앞 페이지에 기록해 놓는 구절이 하나 있습니다. 그것은 바로 '메리 크리스마스를 꿈꾸다'입니다. 생뚱맞다고 할지 모르겠으나 끝이 아름답길 바라는 저의 간절함을 기록하는 것쯤으로 생각하시면 될 듯합니다. '왜 하필 크리스마스냐?'라고 물으신다면 그 이유는 간단합니다. 크리스마스처럼 전 세계인이 함께 기뻐하고 즐거워하는 날도 드물 것입니다. 아기 예수의 탄생을 축복하고 기리는 날이지만, 요즘 들어서는 유명 사찰에서도 크리스마스를 기념하는 곳이 있을 정도라고 합니다. 크리스마스는 축복, 행복, 사랑이란 의미겠지만 교사인 저에게 크리스마스는 '마무리'라는 의미로 더 크게 와닿습니다. 학교에서는 아이들과의 이별을 준비해야 하는 그즈음에 크리스마스의 축복과 사랑의 의미를 함께 나누고 싶기 때문입니다.

우리는 항상 끝이 잘 매듭지어지기를 바랍니다. '유종의 미' 또는 '아름다운 결말' 등은 이러한 우리들의 바람을 반영하고 있습니다. 대학 축제나 지역 행사의 맨 마지막은 거의 대부분 가장 인지도가 높은 가수나 연예인의 무대로 꾸며지곤 합니다. 관객들을 끝까지 자리하게 하려고 함이기도 하지만, 행사의 끝을 아름답게 꾸미고자 하는 의도가 담겨 있기 때문일 것입니다. 또한 끝의 아름다움이나 감동은 과정에서 느꼈을 아쉬움이나 미숙함을 잊게 하는 방법이기도 합니다. 그래서 끝에 더 집착하는 것인지도 모르겠습니다. 하지만 우리의 바람과는 달리 아름다운 끝, 즉 유종의 미는 쉽게 그 곁을 내어주지 않는 경우가 많습니다. 『정관정요』 제10권을 보면 위징이 중국 당태종에게 당나라를 창업하던 당시와 같은 검약을 지속하지 못하고 사치와 나태의 풍조가 나타나자, 이에 대해 간언한 내용이 나오는데 유종의 미를 거두기 어려운 이유를 살펴볼 수 있습니다.

옛날의 제왕들이 국가를 창업한 일을 자세히 관찰해 보니 모두 그 국가가 영원히 후대에 전해지길 원했습니다. 그래서 옛날의 제왕들은 이를 위해 몸소 실천을 하였습니다. 항상 두 손을 단정히 하고 조정에 서서 천하를 다스렸습니다. 정치에 대한 얘기를 할 때는 반드시 순박함을 최고로 쳐서 겉만 번듯한 것을 억제했습니다. 사람을 얘기할 때는 반드시 충성되고 어진 사람을 존중하고, 사악하고 아부하는 자를 경계하였습니다. 제도에 대해 말할 때는 사치를 없애고 검약을 존중했습니다. 생산품을 말할 때는 곡식이나 천 같은 필수품은 소중히 여기고 온갖 보물들은 가볍게 여겼습니다. 이렇듯 창업한 처음에는 모두 앞에서 말한 대로 천하를 다스렸는데 시간이 지나 국가가 자리를 잡자 이에 어긋나 풍속을 파괴하는 일이 많았습니다. 그 이유는 무엇이겠습니까?

존귀한 천자 자리에 있으면서 온 세상의 부를 가지고 있고, 자신의 말에 거역하는 자가 없고, 행하는 모든 일에 사람들이 반드시 순종하고, 공정한 도리보다 사사로운 정에 의해 움직이고, 예절이 욕망으로 인해서 파괴되었기 때문입니다. 옛말에 "무엇이든지 알기는 어렵지 않으나 실천하기가 어렵고, 실천하기는 어렵지 않으나 끝내기가 어렵다"고 했습니다.

폐하께서는 약관의 나이에 천하의 어지러움을 평정하여 국내를 통일하고 제왕의 패업(霸業)을 이루었습니다.

정관(貞觀) 초년에는 장년(壯年)이었는데, 욕망을 억제하여 스스로 절약하고 검소함을 실천하셨습니다. 그리하여 나라 안팎이 지극히 편안하여 마침내 태평성세가 이루어졌습니다. 그 공적을 말하자면 은나라 탕왕이나 주나라 무왕도 비교가 되지 않습니다. 그 덕을 말하자면 요순 같은 뛰어난 임금에 결코 뒤져 있지 않습니다.

신이 발탁되어 측근에서 폐하를 섬기기 10여 년간, 언제나

기밀에 대하여 의논하고 현명한 분부를 삼가 받들었습니다. 폐하께서는 항상 인의의 도를 실천하고자 그것을 지켜 변함이 없었으며, 검소하고자 하는 의지는 항상 변하지 않으셨습니다. "한마디 말이 나라를 일으킨다"고 한 『논어』의 말은 바로 이러한 일을 이르는 것입니다. 당시 폐하의 훌륭하신 말씀은 지금도 생생하게 제 귀에 남아 있으며 결코 잊을 수가 없습니다. 그런데 근년에 와서는 얼마간 지난날의 의지에서 벗어나 순박한 정치가 차츰 퇴색되어 유종의 미를 거두기 힘든 것 같습니다.

－『2천 년을 살아남은 명문(名文)』(포럼, 2006)

처음의 의지가 퇴색되고 변해 가다 보면 뜻한 바를 끝까지 유지하기가 쉽지 않습니다. 모든 권력과 부, 힘을 가지고 있는 나라의 제왕조차도 자신의 뜻한 바를 끝까지 유지하기란 어려운 것인가 봅니다. 학교에서도 누군가는 처음의 그 마음가짐을 기억해 주고 상기시켜 주는 것이 필요하고, 그 역할의 중심에 학생들이 있어야 한다고 봅니다. 위징이 황제인 태종의 잘못과 실정을 서슴지 않고 지적하고, 더불어 태종은 스스럼없이 자신의 잘못과 실책을 바로잡은 것처럼 학생과 교사가 함께 걸어갈 때 우리는 유종의 미를 거둘 수 있는 것입니다.

둘이서 함께 가리

철길

안도현

혼자 가는 길보다는
둘이서 함께 가리

앞서지도 뒤서지도 말고 이렇게
나란히 떠나가리

서로 그리워하는 만큼
닿을 수 없는
거리가 있는 우리

늘 이름을 부르며 살아가리

사람이 사는 마을에 도착하는 날까지
혼자 가는 길보다는
둘이서 함께 가리

                                     – 시집 『참 좋은 당신께』(나무한그루, 2019)

'시 암송하기' 수행평가 자료로 1학년 아이들에게 암송하게 하는 안도현 시인의 「철길」입니다. 길은 혼자서 가는 게 아닌 멀고 험한 길일수록 둘이서 함께 가야 한다며 동행의 필요성에 대해 말하고 있습니다. 그리고 나란히 걸어가는 철길을 통해 길을 가게 될 때는 대등하고 평등한 관계를 늘 유지해야 함도 강조하고 있습니다. 투닥투닥 다투지 말고 어느 한쪽으로 기울지 말고 높낮이를 따지지 말고 가라는 시인의 말은 한곳을 바라보고 그곳을 향해 나아가는 학생과 교사들이 귀담아 두어야 할 대목이라고 생각됩니다. 철길은 서로 닿지 못하는 일정한 간격을 두고 놓여 있지만, 두 개의 철길이 함께 나아가기 위해서는 둘 사이에 알맞은 거리가 늘 유지되어야 한다는 의미일 것입니다. 교사와 학생도 함께 손을 맞잡고 일정한 거리를 유지하며 앞으로 나아가지만, 그 사이의 거리가 영영 다가설 수 없는 수평선이 아니라 언젠간 만나게 되는 연결선일 것입니다.

제 업무수첩의 맨 앞장을 차지하고 있는 '메리 크리스마스를 꿈꾸다'라는 문구는 학생들과의 아름다운 끝을 만들어 가기 위한 저의 의지를 다지기 위함도 있거니와 학생들과 함께 손잡고 만들어 갈 때만이 메리 크리스마스를 맞이할 수 있다는 의미이기도 합니다. 손을 잡고 함께 걸어가면 마음이 따뜻해짐을 느낄 수 있습니다. 가야 할 길이 아무리 멀어도, 비가 내리고 바람이 치더라도 함께하기에 너끈히 갈 수 있습니다. 누군가가 곁에 있어 주고 함께라면 말입니다. 우리가 꿈꾸는 메리 크리스마스를 누군가와 손을 맞잡는다면 이룰 수 있습니다. 그 누군가는 누구나 될 수 있습니다. 다만 그 손길을 마음으로 받아들일 때까지 시간이 좀 필요할 뿐입니다.

선의 함정에 빠지다

　처음 교직에 들어섰을 때를 떠올려 보면 누구나 마찬가지였겠지만 그땐 열정으로 가득했습니다. 새벽까지 수업 준비를 하고, 밤늦게까지 학교 행사를 치러도 피곤함에 취해 있기보다 내일을 먼저 생각했던 것 같습니다. 게다가 이듬해에 2학년 담임을 맡게 되었다는 소식은 그 열정에 기름을 부었습니다. 담임으로서 첫 제자들이 생긴다는 생각에 아이들 이름은 물론이고, 사는 곳, 좋아하는 것, 희망 학교 등 그 학생에 관한 모든 것을 다 외워 버릴 기세로 덤벼들었던 기억이 있습니다.

　당시 3월 1일이 학교 입학식이었는데 3·1운동의 독립에 대한 의지에 맞먹을 만큼 담임에 대한 열정이 뜨거웠습니다. 그런데 그 열정은 자율보다는 통제의 방법으로 나타났습니다. 학생들의 일거수일투족을 담임인 제가 알아야 했고, 잔소리와 각종 훈육의 수

단을 총동원해 아이들을 통제했습니다. 제 나름의 강력한 리더십을 바탕으로 학급을 운영해 나갔습니다. 그러나 함께 마주 보고 걸어가기보다 앞장서서 끌고 가려 했습니다. 그러다 보니 앞에서는 담임의 말에 수긍하는 듯한 모습을 보였지만 정작 아이들의 마음속에는 짜증과 불만이 가득 차기 시작했습니다.

그리고 저는 선의 중요성을 늘 강조했습니다. 교사와 학생 간에 일정한 선이 있어야 하고, 그 선을 넘었을 경우 호되게 교육이 이루어져야 한다는 생각이 제 마음속에 자리 잡고 있었습니다. 하지만 돌이켜 생각해 보면 그것만큼 어리석은 생각도 없었던 것 같습니다. 그 선이라는 것이 도대체 어떤 의미가 있으며, 누구의 필요에 의해 만들어진 것인가를 생각해 보니 마치 어린 시절 2인용 책상의 내 영역에 짝이 침범하는 것을 막기 위해 가운데에 선을 긋는 것과 유사하다는 생각이 들었습니다. 짝을 어느 틈엔가 경계해야 할 적으로 간주해 버린 어리석음을 교사가 된 이후에도 아이들에게 저지르고 있었는지도 모르겠습니다. 아이들과 나를 구분 짓기 위한 선의 함정에 제 스스로가 빠진 것은 아니었을까요?

몇 년 전까지만 해도 중학교 2학년 국어 교과서에 이강백의 희곡 「들판에서」가 실려 있었습니다. 아름다운 들판에서 형제가 다정스럽게 그림을 그리는 장면으로 시작하는 이 희곡은 평화롭게 살아가는 형과 아우가 민들레꽃을 주고받으며 서로의 우애를 맹세합니다. 하지만 어느 날 수상쩍은 측량 기사가 나타나 측량 실습을 핑계로 들판을 이등분하여 밧줄을 쳐 놓자, 밧줄을 사이에 두고 줄넘기 놀이를 하던 형제는 어느 날부턴가 더 큰 땅을 차지하기 위해 서로 다투게 되고, 측량 기사의 농간으로 벽을 쌓게 됩니다. 측량 기사는 더욱더 위기의식을 조장하고 형과 아우는 서로 적이 되어 대립하게 되지만, 결국 형제는 들판에 핀 들꽃을 보고 평화롭던 시절을 되새기며 형제의 우애를 회복하고 벽을 허문다는 내용입니다.

「들판에서」는 측량 기사의 나쁜 의도에 의해 밧줄이 쳐지고 벽을 쌓게 되지만 저의 학급에서는 제 스스로 선을 긋고 아이들과 벽을 쌓았던 것입니다. 그 벽은 점점 높아져만 갔고 급기야 서로를 보지 못할 정도로 높고 두꺼운 장벽이 생겨 버렸습니다. 하루하루 무거운 마음으로 아이들을 대해야 했고 아이들 역시 저를 피한다는 것이 느껴졌습니다. 그래서 남몰래 교무실에 앉아 눈물 흘리기도 했습니다. 제 의도를 알아줬으면 하는 마음이 간절했지만 그렇다고 먼저 숙이고 들어가기에는 자존심이 허락하지 않았습니다.

한번은 교실 뒤편에 우유를 쌓아 놓는 곳에 우유곽이 여기저기 널부러져 있고 먹다 남은 우유가 바닥에 쏟아져 지독한 냄새까지 나고 있었습니다. 아이들이 지켜야 할 학급 규칙을 어긴 것을 넘어서 대부분의 아이들이 그것을 봤음에도 단 한 명도 치우려 하지 않았다는 사실에 크게 격노하여 반 아이들을 모두 운동장에 집합시켰습니다. 제가 정한 선을 넘었다고 생각했기에 아이들의 어떠한 변명도 듣고 싶지 않았습니다. 화가 난 마음을 아이들에게 모두 쏟아 낸 뒤, 아이들이 지켜보는 가운데 혼자서 운동장을 뛰기 시작했습니다. 아이들을 제대로 가르치지 못한 스스로에게 벌을 주자는 생각과 더불어 아이들이 어떤 깨달음을 얻지 않을까 하는 마음에서였습니다. 지금 생각하면 참 부끄럽기만 합니다. 그렇게 아이들을 세워 두고 한참 운동장을 도는데 뒤에서 아이들의 목소리가 하나둘 들려왔습니다.

"왜 저러는지 모르겠다."

"짜증 나. 뭐 하자는 거야?"

"냅둬. 저러다 지치겠지."

많은 아이들이 저의 행동을 이해하려 하기보다 상황 자체의 불편함을 털어놓았습니다. 보여주기식 쇼라고 생각했을 수 있습니다. 하지만 어느 순간이 지나자,

"같이 뛰어야 되는 거 아니야?"

"우리가 잘못한 건데 왜 선생님이…."

라며 조금이나마 저의 마음을 이해하려는 아이들이 나타나기 시작했습니다. 그러곤 한 명의 학생이 저를 따라 뛰기 시작했고, 반 전체 아이들이 뒤를 따랐습니다. 분명 아이들 입장에서는 쉽게 받아들이기 어려웠을 것입니다. 한 편의 쇼 같았을 수도 있습니다. 하지만 그럼에도 저의 마음을 알아주는 아이가 있었고, 제 마음이 전달된 듯하여 무척이나 고마움을 느꼈습니다. 다 함께 교가를 부르고 난 후 아이들을 기숙사로 올려 보내고 혼자 앉아 있으려니

이 상황이 부끄러워졌습니다. 내가 왜 그랬을까 후회도 됐습니다. 그때 반 아이들 중 몇 명이 저를 찾아와서는 말을 건네지 못하고 쭈뼛쭈뼛 서 있는 것입니다. 죄송하다는 말을 전하기 위해서였지만 막상 다가올 용기가 나지 않아서 망설이고 있는 모습이었습니다. 그 마음이 너무 예뻐서 한동안 서로 부둥켜안고 울었던 기억이 있습니다.

이 일뿐 아니라 아이들과의 갈등은 셀 수 없을 정도로 많았습니다. 전학 온 친구를 여러 명의 아이들이 괴롭혀서 사회봉사기관으로 일주일간 봉사활동을 함께 다녀오기도 했고, 진로체험 기간 동안 아이들이 인사 예절을 제대로 지키지 않아 3박 4일 동안 아이들과 냉전 상태로 보낸 적도 있었습니다. 그 당시에는 과연 이 아이들과 학기말에 유종의 미를 거둘 수 있을까라는 회의감이 들 정도로 지쳐 있었습니다. 교사라면 누구나 한 번쯤은 겪었을 가슴앓이를 지독하게 겪었던 것 같습니다. 아이들을 바라볼 자신도, 용기도 잃어 가는 듯했습니다. 그래서 얼마간은 종례도 부담임 선생님께 부탁하고 수업 시간 이외에는 아이들을 보려 하지 않았습니다. 가끔 다른 반 수업을 위해 반을 지나치다 슬며시 들여다보면 아무렇지 않게 전과 같이 장난치고 떠들어 대는 아이들을 보면서 속상하기도 하고 서운한 마음도 컸지만 내색하진 않았습니다. 예전 같으면 불호령을 쳤겠지만 무관심으로 아이들을 벌하겠다는 저만의 소심한 복수를 하고 있었습니다. 하지만 아이들은 이미 다 알고 있었습니다. 저의 심정을 누구보다 더 잘 알고 있었고 나름

대로 관계 회복을 위해 기회를 엿보고 있었습니다.

한참 시간이 지나고 나서 알게 되었습니다. 아이들로 인해 힘들지만 정작 그 힘듦의 원인이 교사인 내가 쳐 놓은 선 때문이고, 그 선은 나만의 기준이었다는 것을 말입니다. 그리고 그 선이 마음에 들지 않더라도 아이들은 선을 지키기 위해 부단히 애를 쓰고 있다는 사실을 말입니다.

마음을 고쳐먹기로 했습니다. 담임이니까 아이들에게 잔소리하는 것이 당연하고, 통제해야 한다고 생각했던 기존의 인식을 바꿔야겠다고 생각했습니다. 역으로 담임이니까 아이들이 어떤 실수나 잘못을 하건 그들의 편이 되어 줘야겠다고 말입니다. 10대들에게 '내 편'이라는 인식을 심어 주는 것은 관계 형성에서 굉장히 중요합니다. 누구든 마찬가지겠지만 청소년 시기에 자기편이 있다는 사실은 든든함으로 다가오고, 어려움을 느낄 때 견딜 수 있는 힘이 되는 것입니다. '편'이라는 말은 '편향되다', '치우치다'라는 의미로도 사용되지만, 교사와 학생 간의 관계에서만큼은 '든든하다'는 새로운 의미로 다가올 때가 많습니다. 학창 시절 선생님들 중에 내 편이라고 생각한 선생님이 있으셨나요? 그렇다면 그때 느꼈던 감정은 어떠셨나요? 아마 힘들고 어려운 일이 닥치더라도 이겨 낼 수 있는 힘이 되어 줬을 것입니다. 힘든 부분을 함께 공감하고 같이 욕도 하면서 그렇게 마음을 풀어 가는 것 같습니다. 선을 지워 버리고 아이들의 아픔에 적극 공감하다 보면 그 끝에는 축복 가득한 크리스마스가 두 손을 활짝 벌리고 우리를 기다리고 있습니다.

흔히 가르치지 못할 사람도 없고 배우지 못할 사람도 없다고 합니다. 사제 간을 두고 하는 말인데, 선생은 있어도 스승이 없다는 시대에 살고 있는 우리에게 스승과 제자의 만남은 어떤 의미를 지니고 있을까요? 인생에서 평생 잊지 못할 스승이나 제자를 만난 경험이 있다면 그 사람은 진정 행복한 사람일 것입니다. 교학상장(教學相長)이라는 말을 교직 생활이 깊어질수록 실감하게 됩니다. 함께 운동장을 뛰어 주었던 아이들에게서 배려를, 개인적으로 찾아와 속마음을 털어놓으며 목놓아 울던 아이에게서 공감을, 선생님의 꾸지람에도 아무렇지 않게 평소처럼 생활해 준 아이들에게서 의연함을 배우게 됩니다. 그렇게 서로를 배워 가며 조금씩 닮아 가는 것이 교사와 학생의 숙명이 아닐까요? 밑 빠진 독에 물을 주듯이 콩나물에 물을 주면 그 물이 그대로 새 나가는 것 같지만, 흐르는 시간은 콩나물을 조금씩 자라게 만듭니다. 교사도 자신이 아이를 키운다고 생각하지만, 불현듯 정신을 차리고 보면 그 속에서 자기 자신도 역시 성장하고 있는 것을 느낄 수 있습니다.

거짓말을 배워 가다

마음을 고쳐먹은 것 중에 또 다른 하나가 바로 거짓말에 대한 인식 변화입니다. 어쩌면 메리 크리스마스를 위해 필요한 것인지도 모르겠습니다. 크리스마스에 산타할아버지가 선물을 주고 가신다는 것은 사실이 아니지만, 이 거짓말에 대한 온전한 믿음은 아이들로 하여금 행복한 꿈에 젖게 하기 때문입니다. 아이들을 가르치는 입장이다 보니 늘 거짓말은 잘못된 것이라고 말해 왔습니다. 그리고 거짓말을 하는 아이는 다른 어떤 잘못을 범했을 때보다 호되게 혼을 냈습니다. 하지만 늘 이루어지는 아이들의 거짓말, 너무나 뻔하지만 계속되는 거짓말을 들으면서 교사인 저도 거짓말을 배워야 할 필요성을 느끼게 되었습니다. 속이고 기만하기 위한 거짓말이 아닌, 거짓 속에 담겨진 진실을 전달하기 위해 거짓말을 생각하게 되는 것 같습니다.

2학년 아이들과 함께 3박 4일 진로직업 체험을 떠나 서울대학교를 방문한 적이 있습니다. 서울대 재학생들을 멘토로 초청하여 아이들과 삼삼오오 짝을 지어 주고 진로와 꿈에 관해 멘토링을 하는 프로그램이었습니다. 많은 아이들이 만족스러워했고 진로에 대해 좀 더 깊이 생각할 수 있는 계기가 되었다고 했지만, 그중 4모둠의 아이들이 풀이 죽어 고개를 푹 숙이고 있었습니다. 이유는 멘토 선생님이 너무 까칠하게 아이들을 대했고, 친절하지 않았기 때문입니다. 고개를 숙이고 풀이 죽어 있는 아이들의 모습이 계속 마음이 쓰여 어떻게 하면 그 마음을 풀어 줄까 한참을 고민하다 간단한 메시지를 작성했습니다. 그리고는 그 멘토 선생님에게서 문자가 온 것처럼 전체 아이들 앞에서 메시지를 읽어 주었습니다.

오늘 만나게 되어 무척이나 반가웠습니다.

저는 여러분의 나이에 진로에 대해 깊이 생각해 보지 않았습니다.

제가 다니고 있는 대학교 과도 그냥 점수에 맞춰서 진학한 것이에요.

그런데 오늘 여러분을 만나고 나서 늦었지만 저 역시 꿈에 대해 다시 생각해 보게 되었어요. 제가 진정 원하는 목표가 무엇이고 바라는 삶이 무엇인지를요.

어린 나이에도 불구하고 자신의 진로를 찾기 위해 노력하는 여러분과는 달리 점수에 맞춰 진학한 저 자신에게 화가 났던 것도 사실입니다.

혹시 제 말투 때문에 불쾌했다면 사과드립니다.

잠깐의 만남이지만 이 시간이 제 삶에 큰 의미가 될 것 같아요.

언제 어디서나 여러분의 꿈을 위해 응원하겠습니다.

4모둠의 아이들은 멘토 선생님이 문자를 보내 줬다는 말을 듣고 처음엔 시큰둥했지만 멘토 선생님의 메시지가 자신들에 대한 격려와 응원의 메시지임을 확인하고는 풀이 죽어 있던 모습은 온데간데없이 활기를 되찾았습니다. 비록 꾸며 낸 거짓말이었지만 분명 아이들은 그 후에 달라졌습니다. 더 열심히 자신의 진로에 대해 고민하게 되었고 모든 활동에 적극적으로 참여하였습니다. 아직까지도 그것이 거짓말이었다는 것을 알지 못할 것입니다. 하지만 그 거짓말에 담긴 마음은 아이들이 조금씩 알아 가는 것 같습니다.

왕이 한 죄수에게 사형을 언도하자. 신하 두 사람이 죄인을 감옥으로 호송했습니다.

절망감에 사로잡힌 죄수는 감옥으로 끌려가면서 소리를 질렀습니다.

"이 못된 왕아, 지옥 불구덩이에 빠져 평생 허우적거리라."

이때 한 신하가 그를 가로막았습니다.

"이보시게, 말이 너무 심하지 않은가?"

하지만 죄수는 더욱 목소리를 높였습니다.

"어차피 죽을 목숨인데 무슨 말인들 못하겠소."

신하들이 돌아오자 왕이 물었습니다.

"그래, 죄인이 잘못을 뉘우치던가?"

그때 죄수의 말을 가로막던 착한 심성의 신하가 대답했습니다.

"예! 자신에게 사형을 내린 폐하를 용서해 달라고 신께 기도했습니다."

신하의 말에 왕은 매우 기뻐하며 그 죄수를 살려 주라고 명하려 했습니다.

그때 다른 신하가 말했습니다.

"폐하, 아닙니다. 그 죄수는 뉘우치기는커녕 오히려 폐하를 저주했습니다."

그런데 왕은 그 신하를 나무랐습니다.

"네가 하는 말이 진실에 가깝다는 걸 안다. 그런데 나는 저 사람의 말이 더 마음에 드는구나."

"폐하, 어째서 진실을 마다하고 거짓말이 마음에 드신다고 하십니까?"

왕이 말했습니다.

"저 사람은 비록 거짓일지라도 좋은 의도에서 그렇게 말했지만, 네 말에는 악의가 있구나. 때로는 선의의 거짓말이 분란을 일으키는 진실보다 나은 법이니라."

왕은 결국 죄수의 목숨을 살려 주었습니다.

– 네이버 블로그, 〈하얀 거짓말〉[5]에서

영국 속담에 거짓말에는 새빨간 거짓말과 하얀 거짓말이 있다고 합니다. 새빨간 거짓말은 나쁜 마음을 가지고 사람을 속이려는 나쁜 의도가 숨어 있고, 하얀 거짓말은 사람에게 희망과 위안을 주려는 좋은 의도가 담긴 사람을 살리는 선한 거짓말입니다. 둘 다 분명히 거짓말이지만 두 마음은 선과 악이 갈리는 극과 극의 거짓말입니다. 가끔은 하얀 거짓말을 칠 줄 알아야겠습니다.

그것이 비록 거짓일지라도 그 속에 담긴 마음은 진실이니 말입니다. 그리고 그 진심은 어떻게든 전해지는 법입니다.

5_ https://blog.naver.com/kimilweon/221370651867

내년에도 메리 크리스마스를 꿈꾸다

아이들의 편이 되어 주고 하얀 거짓말을 고민하다 보면 어느새 크리스마스는 앞에 다가와 있습니다. 하지만 늘 꿈꿔 왔던 크리스마스의 기적이지만 막상 크리스마스가 되면 기쁘지만은 않았습니다. 아이들과의 이별이 아주 가까이에 성큼 다가와 있기 때문일 것입니다. 아름다운 이별이라곤 하지만 막상 이별이 다가오면 아름답다고 느껴지진 않았습니다.

이젠 더 이상 너희들을 볼 일 없다는 거
이젠 더 이상 너희들 때문에 화를 낼 이유 없다는 거
이젠 더 이상 너희들에게 몽둥이를 휘두를 일 없다는 거
이젠 더 이상 너희들의 나태함에 울분을 토하지 않아도 된다는 거

이젠 더 이상 너희들의 무기력함을 가슴 아파하지 않아도 된 다는 거

이젠 더 이상 너희들로 인해 즐거울 일이 없다는 거

이젠 더 이상 너희들에게 먹을 걸 줄 일이 없다는 거

이젠 더 이상 나에게 먹을 거 달라고 따라올 일 없다는 거

이젠 더 이상 너희들로 하여금 크게 웃을 일이 없다는 거

그리하여 이 '마지막'이라는 단어가 꽤나 매력이 있다는 것 을 안다.

아이들과의 생활은 이별을 준비하는 과정의 연속인 것 같습니 다. 매번 속상해하고 아파하면서도 그 끝에 서서는 사랑한다고 말 하는 교사들의 삶이 어쩌면 매일매일 아이들과의 아름다운 이별 을 준비하는 것인지도 모르겠습니다. 이별이라고 하는 것은 육체 적 떠남만을 의미하지는 않습니다. 정신적, 정서적, 영적 떠남을 모두 포함하고 있습니다. 교사의 영향력에서 벗어나 아이들이 스 스로 영향력을 행사할 수 있도록, 그리고 자아를 찾아갈 수 있도 록 기다려 주는 것입니다.

아직은 마냥 어리기만 했던 시작이지만, 그리고 이제 겨우 몇 번의 아이들을 맞이했을 뿐이지만 열 번을 울다가도 아이들 때문 에 웃어 버리는, 그 한 번의 웃음 때문에 사는 것이 교사인 듯합니 다. 그 울음 속에서도 스스로를 채찍질하고, 아이들을 위해 다시 한 번 힘을 내는 것이, 교사이기에 받아들여야 할 숙명인가 봅니

다. 그리고 마지막에는 웃으며 아이들을 떠나보내는 것이 교사들이 받아들여야 할 메리 크리스마스가 아닐까요.

오늘도 꿈꿉니다. 새로이 다가올 메리 크리스마스를 말입니다.

삶의 행복을 꿈꾸는 교육은 어디에서 오는가?

미래 100년을 향한 새로운 교육 혁신교육을 실천하는 교사들의 필독서

▶ 교육혁명을 앞당기는 배움책 이야기
혁신교육의 철학과 잉걸진 미래를 만나다!

한국교육연구네트워크 총서

01 핀란드 교육혁명
한국교육연구네트워크 엮음 | 320쪽 | 값 15,000원

02 일제고사를 넘어서
한국교육연구네트워크 엮음 | 284쪽 | 값 13,000원

03 새로운 사회를 여는 교육혁명
한국교육연구네트워크 엮음 | 380쪽 | 값 17,000원

04 교장제도 혁명
한국교육연구네트워크 엮음 | 268쪽 | 값 14,000원

05 새로운 사회를 여는 교육자치 혁명
한국교육연구네트워크 엮음 | 312쪽 | 값 15,000원

06 혁신학교에 대한 교육학적 성찰
한국교육연구네트워크 엮음 | 308쪽 | 값 15,000원

07 진보주의 교육의 세계적 동향
한국교육연구네트워크 엮음 | 324쪽 | 값 17,000원
2018 세종도서 학술부문

08 더 나은 세상을 위한 학교혁명
한국교육연구네트워크 엮음 | 404쪽 | 값 21,000원
2018 세종도서 교양부문

09 비판적 실천을 위한 교육학
이윤미 외 지음 | 448쪽 | 값 23,000원

10 마을교육공동체운동: 세계적 동향과 전망
심성보 외 지음 | 376쪽 | 값 18,000원

한국교육연구네트워크 번역 총서

01 프레이리와 교육
존 엘리아스 지음 | 한국교육연구네트워크 옮김
276쪽 | 값 14,000원

02 교육은 사회를 바꿀 수 있을까?
마이클 애플 지음 | 강희룡·김선우·박원순·이형빈 옮김
356쪽 | 값 16,000원

**03 비판적 페다고지는
세상을 변화시킬 수 있는가?**
Seewha Cho 지음 | 심성보·조시화 옮김 | 280쪽 | 값 14,000원

04 마이클 애플의 민주학교
마이클 애플·제임스 빈 엮음 | 강희룡 옮김 | 276쪽 | 값 14,000원

05 21세기 교육과 민주주의
넬 나딩스 지음 | 심성보 옮김 | 392쪽 | 값 18,000원

**06 세계교육개혁:
민영화 우선인가 공적 투자 강화인가?**
린다 달링-해먼드 외 지음 | 심성보 외 옮김 | 408쪽 | 값 21,000원

07 콩도르세, 공교육에 관한 다섯 논문
니콜라 드 콩도르세 지음 | 이주환 옮김 | 300쪽 | 값 16,000원

혁신학교
성열관·이순철 지음 | 224쪽 | 값 12,000원

행복한 혁신학교 만들기
초등교육과정연구모임 지음 | 264쪽 | 값 13,000원

서울형 혁신학교 이야기
이부영 지음 | 320쪽 | 값 15,000원

혁신교육, 철학을 만나다
브렌트 데이비스·데니스 수마라 지음
현인철·서용선 옮김 | 304쪽 | 값 15,000원

대한민국 교사, 어떻게 가르칠 것인가?
윤성관 지음 | 320쪽 | 값 15,000원

아이들을 어떻게 가르칠 것인가
사토 마나부 지음 | 박찬영 옮김 | 232쪽 | 값 13,000원

모두를 위한 국제이해교육
한국국제이해교육학회 지음 | 364쪽 | 값 16,000원

경쟁을 넘어 발달 교육으로
현광일 지음 | 288쪽 | 값 14,000원

혁신교육 존 듀이에게 묻다
서용선 지음 | 292쪽 | 값 14,000원

 다시 읽는 조선 교육사
이만규 지음 | 750쪽 | 값 33,000원

 대한민국 교육혁명
교육혁명공동행동 연구위원회 지음 | 224쪽 | 값 12,000원

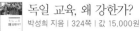 독일 교육, 왜 강한가?
박성희 지음 | 324쪽 | 값 15,000원

 핀란드 교육의 기적
한넬레 니에미 외 엮음 | 장수명 외 옮김 | 456쪽 | 값 23,000원

 한국 교육의 현실과 전망
심성보 지음 | 724쪽 | 값 35,000원

▶ 비고츠키 선집 시리즈
발달과 협력의 교육학 어떻게 읽을 것인가?

 생각과 말
레프 세묘노비치 비고츠키 지음
배희철·김용호·D. 켈로그 옮김 | 690쪽 | 값 33,000원

 도구와 기호
비고츠키·루리야 지음 | 비고츠키 연구회 옮김
336쪽 | 값 16,000원

 어린이 자기행동숙달의 역사와 발달 I
L.S. 비고츠키 지음 | 비고츠키 연구회 옮김
564쪽 | 값 28,000원

 어린이 자기행동숙달의 역사와 발달 II
L.S. 비고츠키 지음 | 비고츠키 연구회 옮김
552쪽 | 값 28,000원

 어린이의 상상과 창조
L.S. 비고츠키 지음 | 비고츠키 연구회 옮김
280쪽 | 값 15,000원

 비고츠키와 인지 발달의 비밀
A.R. 루리야 지음 | 배희철 옮김 | 280쪽 | 값 15,000원

 수업과 수업 사이
비고츠키 연구회 지음 | 196쪽 | 값 12,000원

 비고츠키의 발달교육이란 무엇인가?
비고츠키교육학실천연구모임 지음 | 412쪽 | 값 21,000원

 비고츠키 철학으로 본 핀란드 교육과정
배희철 지음 | 456쪽 | 값 23,000원

 성장과 분화
L.S. 비고츠키 지음 | 비고츠키 연구회 옮김
308쪽 | 값 15,000원

 연령과 위기
L.S. 비고츠키 지음 | 비고츠키 연구회 옮김
336쪽 | 값 17,000원

 의식과 숙달
L.S 비고츠키 | 비고츠키 연구회 옮김
348쪽 | 값 17,000원

 분열과 사랑
L.S. 비고츠키 지음 | 비고츠키 연구회 옮김
260쪽 | 값 16,000원

 성애와 갈등
L.S. 비고츠키 지음 | 비고츠키 연구회 옮김
268쪽 | 값 17,000원

 관계의 교육학, 비고츠키
진보교육연구소 비고츠키교육학실천연구모임 지음
300쪽 | 값 15,000원

 비고츠키 생각과 말 쉽게 읽기
진보교육연구소 비고츠키교육학실천연구모임 지음
316쪽 | 값 15,000원

 교사와 부모를 위한 비고츠키 교육학
카르포프 지음 | 실천교사번역팀 옮김 | 308쪽 | 값 15,000원

▶ 살림터 참교육 문예 시리즈
영혼이 있는 삶을 가르치는 온 선생님을 만나다!

 꽃보다 귀한 우리 아이는
조재도 지음 | 244쪽 | 값 12,000원

 성깔 있는 나무들
최은숙 지음 | 244쪽 | 값 12,000원

 선생님이 먼저 때렸는데요
강병철 지음 | 248쪽 | 값 12,000원

 서울 여자, 시골 선생님 되다
조경선 지음 | 252쪽 | 값 12,000원

아이들에게 세상을 배웠네
명혜정 지음 | 240쪽 | 값 12,000원

 행복한 창의 교육
최창의 지음 | 328쪽 | 값 15,000원

 밥상에서 세상으로
김흥숙 지음 | 280쪽 | 값 13,000원

 북유럽 교육 기행
정애경 외 14인 지음 | 288쪽 | 값 14,000원

 우물쭈물하다 끝난 교사 이야기
유기창 지음 | 380쪽 | 값 17,000원

▶ **4·16, 질문이 있는 교실 마주이야기**
통합수업으로 혁신교육과정을 재구성하다!

 통하는 공부
김태호·김형우·이경석·심우근·허진만 지음
324쪽 | 값 15,000원

 미래교육의 열쇠, 창의적 문화교육
심광현·노명우·강정석 지음 | 368쪽 | 값 16,000원

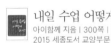 **내일 수업 어떻게 하지?**
아이함께 지음 | 300쪽 | 값 15,000원
2015 세종도서 교양부문

 주제통합수업, 아이들을 수업의 주인공으로!
이윤미 외 지음 | 392쪽 | 값 17,000원

 인간 회복의 교육
성래운 지음 | 260쪽 | 값 13,000원

 수업과 교육의 지평을 확장하는 수업 비평
윤양수 지음 | 316쪽 | 값 15,000원
2014 문화체육관광부 우수교양도서

 교과서 너머 교육과정 마주하기
이윤미 외 지음 | 368쪽 | 값 17,000원

 교사, 선생이 되다
김태은 외 지음 | 260쪽 | 값 13,000원

 수업 고수들 수업·교육과정·평가를 말하다
박현숙 외 지음 | 368쪽 | 값 17,000원

 교사의 전문성, 어떻게 만들어지나
국제교원노조연맹 보고서 | 김석규 옮김 392쪽 | 값 17,000원

 도덕 수업, 책으로 묻고 윤리로 답하다
울산도덕교사모임 지음 | 320쪽 | 값 15,000원

 수업의 정치
윤양수·원종희·장군 지음 | 280쪽 | 값 14,000원

 체육 교사, 수업을 말하다
전용진 지음 | 304쪽 | 값 15,000원

 학교협동조합,
현장체험학습과 마을교육공동체를 잇다
주수원 외 지음 | 296쪽 | 값 15,000원

 교실을 위한 프레이리
아이러 쇼어 엮음 | 사람대사람 옮김 | 412쪽 | 값 18,000원

 거꾸로교실,
잠자는 아이들을 깨우는 수업의 비밀
이민경 지음 | 280쪽 | 값 14,000원

 마을교육공동체란 무엇인가?
서용선 외 지음 | 360쪽 | 값 17,000원

 교사는 무엇으로 사는가
정은균 지음 | 292쪽 | 값 15,000원

 교사, 학교를 바꾸다
정진화 지음 | 372쪽 | 값 17,000원

 마음의 힘을 기르는 감성수업
조선미 외 지음 | 300쪽 | 값 15,000원

 함께 배움
학생 주도 배움 중심 수업 이렇게 한다
니시카와 준 지음 | 백경석 옮김 | 280쪽 | 값 15,000원

 작은 학교 아이들
지경준 엮음 | 376쪽 | 값 17,000원

 공교육은 왜?
홍섭근 지음 | 352쪽 | 값 16,000원

 아이들의 배움은 어떻게 깊어지는가
이시이 준지 지음 | 방지현·이창희 옮김 | 200쪽 | 값 11,000원

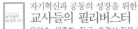 자기혁신과 공동의 성장을 위한
교사들의 필리버스터
윤양수·원종희·장군·조경삼 지음 | 280쪽 | 값 14,000원

 대한민국 입시혁명
참교육연구소 입시연구팀 지음 | 220쪽 | 값 12,000원

함께 배움 이렇게 시작한다
니시카와 준 지음 | 백경석 옮김 | 196쪽 | 값 12,000원

 함께 배움 교사의 말하기
니시카와 준 지음 | 백경석 옮김 | 188쪽 | 값 12,000원

 교육과정 통합, 어떻게 할 것인가?
성열관 외 지음 | 192쪽 | 값 13,000원

 학교 혁신의 길, 아이들에게 묻다
남궁상운 외 지음 | 272쪽 | 값 15,000원

 프레이리의 사상과 실천
사람대사람 지음 | 352쪽 | 값 18,000원
2018 세종도서 학술부문

 혁신학교, 한국 교육의 미래를 열다
송순재 외 지음 | 608쪽 | 값 30,000원

 페다고지를 위하여
프레네의 『페다고지 불변요소』 읽기
박찬영 지음 | 296쪽 | 값 15,000원

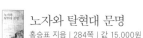 **노자와 탈현대 문명**
홍승표 지음 | 284쪽 | 값 15,000원

 선생님, 민주시민교육이 뭐예요?
염경미 지음 | 244쪽 | 값 15,000원

 어쩌다 혁신학교
유우석 외 지음 | 380쪽 | 값 17,000원

 미래, 교육을 묻다
정광필 지음 | 232쪽 | 값 15,000원

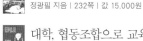 **대학, 협동조합으로 교육하라**
박주희 외 지음 | 252쪽 | 값 15,000원

 입시, 어떻게 바꿀 것인가?
노기원 지음 | 306쪽 | 값 15,000원

 촛불시대, 혁신교육을 말하다
이용관 지음 | 240쪽 | 값 15,000원

 라운드 스터디
이시이 데루마사 외 엮음 | 224쪽 | 값 15,000원

 미래교육을 디자인하는 학교교육과정
박승열 외 지음 | 348쪽 | 값 18,000원

 흥미진진한 아일랜드 전환학년 이야기
제리 제퍼스 지음 | 최상덕·김호원 옮김 | 508쪽 | 값 27,000원

 교사를 세우는 교육과정
박승열 지음 | 312쪽 | 값 15,000원

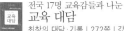 전국 17명 교육감들과 나눈
교육 대담
최창의 대담·기록 | 272쪽 | 값 15,000원

 들뢰즈와 가타리를 통해
유아교육 읽기
리세롯 마리엣 올슨 지음 | 이연선 외 옮김 | 328쪽 | 값 17,000원

 학교 민주주의의 불한당들
정은균 지음 | 276쪽 | 값 14,000원

 교육과정, 수업, 평가의 일체화
리사 카터 지음 | 박승열 외 옮김 | 196쪽 | 값 13,000원

 학교를 개선하는 교장
지속가능한 학교 혁신을 위한 실천 전략
마이클 풀란 지음 | 서동연·정효준 옮김 | 216쪽 | 값 13,000원

 공자뎐, 논어는 이것이다
유문상 지음 | 392쪽 | 값 18,000원

 교사와 부모를 위한
발달교육이란 무엇인가?
현광일 지음 | 380쪽 | 값 18,000원

 교사, 이오덕에게 길을 묻다
이무완 지음 | 328쪽 | 값 15,000원

 낙오자 없는 스웨덴 교육
레이프 스트란드베리 지음 | 변광수 옮김 | 208쪽 | 값 13,000원

 끝나지 않은 마지막 수업
장석웅 지음 | 328쪽 | 값 20,000원

 경기꿈의학교
진흥섭 외 지음 | 360쪽 | 값 17,000원

 학교를 말한다
이성우 지음 | 292쪽 | 값 15,000원

 행복도시 세종, 혁신교육으로 디자인하다
곽순일 외 지음 | 392쪽 | 값 18,000원

 나는 거꾸로 교실 거꾸로 교사
류광모·임정훈 지음 | 212쪽 | 값 13,000원

 교실 속으로 간 이해중심 교육과정
온정덕 외 지음 | 224쪽 | 값 13,000원

 교실, 평화를 말하다
따돌림사회연구모임 초등우정팀 지음 | 268쪽 | 값 15,000원

폭력 교실에 맞서는 용기
따돌림사회연구모임 학급운영팀 지음 | 272쪽 | 값 15,000원

그래도 혁신학교
박은혜 외 지음 | 248쪽 | 값 15,000원

학교는 어떤 공동체인가?
성열관 외 지음 | 228쪽 | 값 15,000원

교사 전쟁
다나 골드스타인 지음 | 유성상 외 옮김 | 468쪽 | 값 23,000원

인공지능 시대의 사회학적 상상력
홍승표 지음 | 260쪽 | 값 15,000원

시민, 학교에 가다
최형규 지음 | 260쪽 | 값 15,000원

학교자율운영 2.0
김용 지음 | 240쪽 | 값 15,000원

학교자치를 부탁해
유우석 외 지음 | 252쪽 | 값 15,000원

국제이해교육 페다고지
강순원 외 지음 | 256쪽 | 값 15,000원

미래교육, 어떻게 만들어갈 것인가?
송기상·김성천 지음 | 300쪽 | 값 16,000원

선생님, 페미니즘이 뭐예요?
염경미 지음 | 280쪽 | 값 15,000원

혁신교육지구와 마을교육공동체는 어떻게 만들어지는가?
김태정 지음 | 376쪽 | 값 18,000원

▶ 교과서 밖에서 만나는 역사 교실
상식이 통하는 살아 있는 역사를 만나다

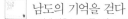

전봉준과 동학농민혁명
조광환 지음 | 336쪽 | 값 15,000원

남도의 기억을 걷다
노성태 지음 | 344쪽 | 값 14,000원

응답하라 한국사 1·2
김은석 지음 | 356쪽·368쪽 | 각권 값 15,000원

즐거운 국사수업 32강
김남선 지음 | 280쪽 | 값 11,000원

즐거운 세계사 수업
김은석 지음 | 328쪽 | 값 13,000원

강화도의 기억을 걷다
최보길 지음 | 276쪽 | 값 14,000원

광주의 기억을 걷다
노성태 지음 | 348쪽 | 값 15,000원

선생님도 궁금해하는 한국사의 비밀 20가지
김은석 지음 | 312쪽 | 값 15,000원

걸림돌
키르스텐 세룹-빌펠트 지음 | 문봉애 옮김
248쪽 | 값 13,000원

역사수업을 부탁해
열 사람의 한 걸음 지음 | 388쪽 | 값 18,000원

교과서 밖에서 배우는 역사 공부
정은교 지음 | 292쪽 | 값 14,000원

팔만대장경도 모르면 빨래판이다
전병철 지음 | 360쪽 | 값 16,000원

빨래판도 잘 보면 팔만대장경이다
전병철 지음 | 360쪽 | 값 16,000원

영화는 역사다
강성률 지음 | 288쪽 | 값 13,000원

친일 영화의 해부학
강성률 지음 | 264쪽 | 값 15,000원

한국 고대사의 비밀
김은석 지음 | 304쪽 | 값 13,000원

조선족 근현대 교육사
정미량 지음 | 320쪽 | 값 15,000원

다시 읽는 조선근대교육의 사상과 운동
윤건차 지음 | 이명실·심성보 옮김 | 516쪽 | 값 25,000원

음악과 함께 떠나는 세계의 혁명 이야기
조광환 지음 | 292쪽 | 값 15,000원

논쟁으로 보는 일본 근대교육의 역사
이명실 지음 | 324쪽 | 값 17,000원

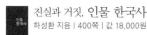
진실과 거짓, 인물 한국사
하성환 지음 | 400쪽 | 값 18,000원

우리 역사에서 사라진 근현대 인물 한국사
하성환 지음 | 296쪽 | 값 18,000원

꼬물꼬물 거꾸로 역사수업
역모자들 지음 | 436쪽 | 값 23,000원

다시, 독립의 기억을 걷다
노성태 지음 | 320쪽 | 값 16,000원

한국사 리뷰
김은석 지음 | 244쪽 | 값 15,000원

경남의 기억을 걷다
류형진 외 지음 | 564쪽 | 값 28,000원

▶ 더불어 사는 정의로운 세상을 여는 인문사회과학
사람의 존엄과 평등의 가치를 배운다

밥상혁명
강양구·강이현 지음 | 298쪽 | 값 13,800원

도덕 교과서 무엇이 문제인가?
김대용 지음 | 272쪽 | 값 14,000원

자율주의와 진보교육
조엘 스프링 지음 | 심성보 옮김 | 320쪽 | 값 15,000원

민주화 이후의 공동체 교육
심성보 지음 | 392쪽 | 값 15,000원
2009 문화체육관광부 우수학술도서

갈등을 넘어 협력 사회로
이창언·오수길·유문종·신윤관 지음 | 280쪽 | 값 15,000원

동양사상과 마음교육
정재걸 외 지음 | 356쪽 | 값 16,000원
2015 세종도서 학술부문

교과서 밖에서 배우는 철학 공부
정은교 지음 | 280쪽 | 값 14,000원

교과서 밖에서 배우는 사회 공부
정은교 지음 | 304쪽 | 값 15,000원

교과서 밖에서 배우는 윤리 공부
정은교 지음 | 292쪽 | 값 15,000원

한글 혁명
김슬옹 지음 | 388쪽 | 값 18,000원

우리 안의 미래교육
정재걸 지음 | 484쪽 | 값 25,000원

왜 그는 한국으로 돌아왔는가?
황선준 지음 | 364쪽 | 값 17,000원

좌우지간 인권이다
안경환 지음 | 288쪽 | 값 13,000원

민주시민교육
심성보 지음 | 544쪽 | 값 25,000원

민주시민을 위한 도덕교육
심성보 지음 | 500쪽 | 값 25,000원
2015 세종도서 학술부문

교과서 밖에서 배우는 인문학 공부
정은교 지음 | 280쪽 | 값 13,000원

오래된 미래교육
정재걸 지음 | 392쪽 | 값 18,000원

대한민국 의료혁명
전국보건의료산업노동조합 엮음 | 548쪽 | 값 25,000원

교과서 밖에서 배우는 고전 공부
정은교 지음 | 288쪽 | 값 14,000원

전체 안의 전체 사고 속의 사고
김우창의 인문학을 읽다
현광일 지음 | 320쪽 | 값 15,000원

카스트로, 종교를 말하다
피델 카스트로·프레이 베토 대담 | 조세종 옮김
420쪽 | 값 21,000원

일제강점기 한국철학
이태우 지음 | 448쪽 | 값 25,000원

한국 교육 제4의 길을 찾다
이길상 지음 | 400쪽 | 값 21,000원

마을교육공동체 생태적 의미와 실천
김용련 지음 | 256쪽 | 값 15,000원

▶ 평화샘 프로젝트 매뉴얼 시리즈
학교폭력에 대한 근본적인 예방과 대책을 찾는다

 학교폭력 어떻게 만들어지는가
문재현 외 지음 | 300쪽 | 값 14,000원

 아이들을 살리는 동네
문재현·신동명·김수동 지음 | 204쪽 | 값 10,000원

 학교폭력, 멈춰!
문재현 외 지음 | 348쪽 | 값 15,000원

 평화! 행복한 학교의 시작
문재현 외 지음 | 252쪽 | 값 12,000원

 왕따, 이렇게 해결할 수 있다
문재현 외 지음 | 236쪽 | 값 12,000원

 마을에 배움의 길이 있다
문재현 지음 | 208쪽 | 값 10,000원

 젊은 부모를 위한 백만 년의 육아 슬기
문재현 지음 | 248쪽 | 값 13,000원

 별자리, 인류의 이야기 주머니
문재현·문한의 지음 | 444쪽 | 값 20,000원

 우리는 마을에 산다
유양우·신동명·김수동·문재현 지음 | 312쪽 | 값 15,000원

 동생아, 우리 뭐 하고 놀까?
문재현 김미자 윤재화 임오규 권옥화 지음 | 280쪽 | 값 15,000원

 누가, 학교폭력 해결을 가로막는가?
문재현 김수동 최진숙 이명순 김명신 서영자 허정남 임오규
김미자 신용대 김두환 윤재화 지음 | 312쪽 | 값 15,000원

▶ 남북이 하나 되는 두물머리 평화교육
분단 극복을 위한 치열한 배움과 실천을 만나다

 10년 후 통일
정동영·지승호 지음 | 328쪽 | 값 15,000원

 선생님, 통일이 뭐예요?
정경호 지음 | 252쪽 | 값 13,000원

 분단시대의 통일교육
성래운 지음 | 428쪽 | 값 18,000원

 김창환 교수의 DMZ 지리 이야기
김창환 지음 | 264쪽 | 값 15,000원

 한반도 평화교육 어떻게 할 것인가
이기범 외 지음 | 252쪽 | 값 15,000원

▶ 창의적인 협력 수업을 지향하는 삶이 있는 국어 교실
우리말 글을 배우며 세상을 배운다

 중학교 국어 수업 어떻게 할 것인가?
김미경 지음 | 340쪽 | 값 15,000원

 토론의 숲에서 나를 만나다
명혜정 엮음 | 312쪽 | 값 15,000원

 토닥토닥 토론해요
명혜정·이명선·조선미 엮음 | 288쪽 | 값 15,000원

 인문학의 숲을 거니는 토론 수업
순천국어교사모임 엮음 | 308쪽 | 값 15,000원

 어린이와 시
오인태 지음 | 192쪽 | 값 12,000원

 수업, 슬로리딩과 함께
박경숙 외 지음 | 268쪽 | 값 15,000원

 언어던
정은균 지음 | 268쪽 | 값 15,000원

 민촌 이기영 평전
이성렬 지음 | 508쪽 | 값 20,000원